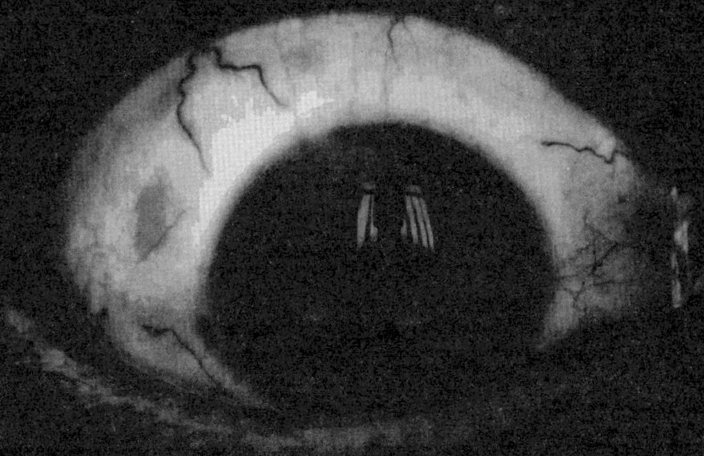

日本詭譎都市傳說

永續圖書線上購物網
讀品文化事業有限公司

www.foreverbooks.com.tw

yungjiuh@ms45.hinet.net

鬼物語系列 32

日本詭譎都市傳說

著　雪原雪
出版者　讀品文化事業有限公司
責任編輯　曾瑞玲
封面設計　林鈺恆
美術編輯　王國卿

總經銷　永續圖書有限公司
TEL／(02)86473663
FAX／(02)86473660
劃撥帳號　18669219
地址　22103 新北市汐止區大同路三段 194 號 9 樓之 1
TEL／(02)86473663
FAX／(02)86473660
出版日　2024 年 06 月

國家圖書館出版品預行編目資料

日本詭譎都市傳說／雪原雪著.
-- 初版. --新北市：讀品文化, 民 113.06
面；公分. --（鬼物語系列：32）
ISBN 978-986-453-203-2 (平裝)
863.57　113004002

日本詭譎都市傳說

骨女

「咦？……你和我說什麼？為什麼突然要這樣說？」

「我說得還不夠明白嗎？我對妳已經厭倦了，不要再來煩我了。」

一位帥氣的年輕男子冷酷的對長相秀麗的女孩子說完後，轉過身背對過去。

女孩子的淚水在眼眶中不停的打轉，臉上表現出不可置信的驚訝和希望對方是開玩笑的苦笑，表情在一瞬間互相交錯；一陣青一陣紅的變換讓她的表情看起來似乎痛苦萬分。

「你是開玩笑的對不對？」女孩走向前，勉強露出了一個笑容：「今天不是愚人節，開玩笑不好玩唷……」女孩的手伸向男人的背後，用手輕輕的拉住男人背部的衣服。

「不要碰我！」男子粗暴的甩開女孩的手，斜眼瞪著女孩子說道：「我沒和妳開玩笑。我真的覺得妳很煩，不要再出現在我的眼前了！」

「你……你怎麼可以這樣！」女孩像發了狂一樣，既激動又憤怒地衝過去抓住男子的肩膀大聲問：「你不是說愛我，要和我結婚的嗎？怎麼現在卻說要分手？為什麼？為什麼？」男人卻在這時露出了不屑的表情。

「我不這樣說，妳會把孩子拿掉？」男人的表情充滿輕蔑。「妳這個笨女人，我只是和妳玩玩的，妳卻以為我會和妳這種無趣的女人在一起一輩子？」男人這時冷笑了一聲。「說實在的，會想用孩子來綁住男人的女人，能夠好到哪裡去？妳就識相點，別再來自討沒趣了。」男人轉身想走，卻被女人緊緊的拉住。

男人轉過頭，臉上帶著憤怒的表情：「靜宜，給我放手。」

「我不要！」被叫做靜宜的女孩子，似乎一切都豁了出去。

「我再說一次。」男人的眼神瞬間變得凶狠。「給我放手！」

靜宜因為首次看到男人這樣的表情，一瞬間退縮了一下，但是心裡面似乎知道，只要自己一放手，可能真的會失去他！不捨、不甘心和害怕等情緒夾雜在一起，靜宜卻仍然存著最後一絲的希望，只要自己不放手，就永遠不會失去……

「啪！」的一聲！響亮而清脆的巴掌聲，讓靜宜頭暈目眩的倒在地上。

「叫妳放手不放手，自找的。」男子打了靜宜一巴掌後，滿臉不耐煩的離去了；靜宜從地上坐起身，似乎還沒辦法理解到底發生了什麼事情？只能看著男子快速穿越馬路，離開了這個人煙稀少的小公園，坐上計程車，頭也不回的走了。

「別走……」靜宜不自覺的伸出右手，像是想要抓住那最後的一點希望一樣，卻什麼都無力改變；除了臉頰紅腫刺痛外，突然的暈眩也讓靜宜感到反胃，一瞬間乾嘔想吐！雖然沒有吐出任何東西，卻讓靜宜感到心像是被掏空了一樣。

為了這個男人，身為公司信任的會計，竟然掏空了公款，將大筆金額給了這個男人，肚子內的孩子也因為相信了這個男人，墮胎了。

靜宜邊撫摸著空空的肚子，邊想起公司似乎已經發現自己盜用公款。

自己的未來，還剩下什麼？

靜宜邊笑，邊離開了公園；那種笑，帶著空虛和絕望，眼神中透露出一個黑暗的念頭。

＊

男子又來到了這間知名的夜店，一間裝潢高雅、管理一流的高級夜店。

「喔！地井，你總算來啦？」負責調酒的一位帥氣男子問著。「似乎有一段時間沒看到你嘍！工作很忙啊？」

「也不是工作忙，有些爛事就是了。」地井坐上吧檯邊的一個位置，調酒師立刻給了地井一杯威士忌雞尾酒；地井拿起酒杯說著：「就認識了一個女孩子，很黏、很煩吵著要結婚，說什麼也要跟著我。」地井喝了一口酒，滿臉驕傲的說著：「要不是我機靈，被我知道她懷孕了，搞不好之後還要拿孩子來威脅我娶她咧！」

「結果呢？肚子裡的孩子呢？」帥氣的調酒師邊搖著酒杯邊問著：「你做了什麼決定？」

「哼！還能怎樣？」地井冷笑了一聲：「當然是帶去墮胎啊！我隨口說了幾句甜言蜜語，她就當真拿掉了，結果今天還來煩我，我叫她不用再見面了。」地井邊說，邊問調酒師：「別說這個了，最近有沒有什麼好對象啊？」地井的表情，似乎對剛剛的事情毫不在乎，只在乎有沒有好的女孩子。

地井有錢外表又帥氣，是名貿易公司的富二代；多金又多情的他，並不像一般男人那樣的老實；靠著帥氣的外表和能言善道，在父親的公司擔任公關經理，如魚得水；常常靠著和客戶交際應酬，拓展人脈，也讓公司的業績蒸蒸日上，是個前途十分被看好的公司接班人。

事業順遂、感情生活豐富的地井似乎也樂在其中，不知不覺中也讓許多女孩子心碎；像是個性單純的靜宜，就被地井騙得昏天轉地，自以為可以管得住地井，沒想到真心換了絕情；地井仍然過著到處拈花惹草的生活，而靜宜自己則是人財兩失，最後落得一個人心碎的結果。

地井仍然喝著威士忌雞尾酒，眼神也因為酒精而帶著些許迷濛，掃視著店內是否有讓自己感興趣的目標，彷彿對於剛剛發生的事情毫不在乎；在帶著自信的笑容四處打量時，地井注意到一位讓自己眼睛一亮的對象。

在不遠處的角落，有個成熟美麗的女人單獨在喝著酒，穿著露肩和露背的黑色性感小洋裝，皮膚白皙透亮，黑色柔順的長髮讓女人看起來格外有氣質；和一般愛胡鬧的年輕女孩子相比，這位年約二十多歲卻看似成熟的女子，更能讓地井看得目不轉睛。

地井拿起酒杯一口氣喝完後，問著旁邊的調酒師：「明哥，那位坐在角落看起來成熟的女人，是什麼來歷你知道嗎？」

「成熟的女人？」明哥邊調酒，邊看了看後，回過頭看著地井。「你說那位穿著黑色洋裝的女人嗎？那位女人的底細我也不太清楚，我只知道很多男人會去搭訕，但是似乎都無法引起那個女人的注意。」

「喔！是嗎？」地井露出了自信的笑容。「我就不相信對方那麼難搞定，等等你幫我送我愛喝的威士忌調酒過來，也順便送一杯粉紅淑女吧！」

「不是長島冰茶？」明哥笑笑的問著。

地井搖搖頭笑著說：「那是拐一般笨女人用的，這對象看起來似乎有些頭腦的樣子，用粉紅淑女來表現一點紳士吧！」

明哥點點頭，似乎和地井有了一點默契，明哥開始準備地井要的調酒。

地井將衣服簡單的整理一下，充滿自信的慢慢走向女人；越靠近女人地井就越覺得不可思議：眼前這位看起來年紀不超過三十歲的女人，為何散發出一股成熟又嬌媚的感覺呢？一般二十多歲的女孩子確實會慢慢脫離純真浪漫的階段，漸漸展現出成熟女人的魅力；但是眼前的女人除了成熟之外，還帶著誘人的美貌……彷彿是一朵帶有致命吸引力的玫瑰，充滿著自信和智慧。

這樣的女人，不是富二代，就是女強人！地井對這個女人更加感興趣了。

地井走到了女人的酒桌邊，滿臉笑容的問著：「一個人嗎？要不要請妳喝杯酒呢？」同時地井還發現，女人抬起頭來看向自己的眼神，一點也不畏懼。

女人給了地井一個笑容，伸出右手指著另一邊的位置，似乎示意著地井可以坐下。

「多麼大方的女人啊！肯定見過許多世面！」地井邊微笑邊坐下，這時明哥很有默契的送上，一杯威士忌調酒，以及一杯粉紅淑女雞尾酒；地井一邊微笑，一邊拿起粉紅淑女雞尾酒放到了酒桌上，示意這杯酒要請這位年輕女人的。

女人笑了笑，拿起了粉紅淑女，對地井微笑著。「謝謝。」女人淺嚐了一口。

地井和明哥互相看了一眼，明哥很知趣的拿起空盤離開，地井對女人說：「同樣都是一個人孤單的喝酒，所以想來和妳聊聊嘍！我是地井集團的公關經理，也是地井集團未來的負責人，妳可以叫我地井，這是我的名片。」地井拿出那張閃亮亮的名片，一開始就想要表明自己不同凡響的身分。

女人卻只是淺淺的微笑，輕聲的說著：「我是版實加美，你可以稱呼我為加美。」

「加美，請多多指教。」地井對於加美的冷淡反應雖然有些驚訝，但是畢竟見多識廣，立刻恢復了鎮定。「真是失禮，只是沒有想到那麼年輕的女孩子會單獨來這裡，其他女孩子多半都是結伴來這裡玩的比較多，像妳這樣一個人靜靜喝酒的並不多。」地井說完，微笑問著加美：「妳是來這邊等人的嗎？」

「不是。」加美搖搖頭，微笑的說著：「我只是想要一個人靜一靜，所以來這邊喝點酒，轉換心情而已。」

「原來如此，我也很喜歡一個人來這邊喝喝調酒呢！」地井邊說，邊拿起酒杯：「希望我沒有太失禮，這一杯當作我對妳的歉意，希望妳原諒。」地井說完，將手中的雞尾酒一飲而盡。

加美淺淺的笑容，似乎代表著不介意；同時加美也拿起了酒杯，慢慢的將粉紅淑女喝完，在酒杯上留下來的唇印雖然並不明顯，地井卻注意到加美的嘴唇非常性感，讓加美多了分魅惑的氣息。

很快的兩人聊了起來，原來加美在經營中小型貿易公司，常常會到各地採買一些不錯的商品，帶回公司重新包裝販賣。

酒精的催化配上迷人的氣氛，讓地井幾乎無法再平靜下去……多麼迷人的女人啊！地井已經無法再冷靜，內心一直有一個聲音。「眼前的女人，我一定要征服！」

＊

靜宜一個人呆望著眼前的蛋糕。

今天是靜宜的生日，原本想要和自己最心愛的人一起過的。

靜宜想到一開始地井對自己百般呵護、溫柔，所以才決定和原先的男朋友分手；因為自己笨，相信地井想要創業，所以將積蓄一點一點的拿出給地井，最後不惜掏空公款，只為了地井說未來要和自己過著美滿的生活。

美好的未來，有地井和自己住在豪宅內，以及兩人心愛的結晶。

「孩子……媽媽對不起你……」靜宜摸著已經空空如也的肚子，流下了淚水。

『妳這樣人工流產，未來要再懷孕是很困難的，希望妳有心理準備……』

靜宜沒有對地井說，自己做人工流產會傷到身體，甚至會不孕，一輩子沒有辦法再懷孕也說不定。

如今地井就這樣走了嗎？

靜宜拿起手機，傳送了簡訊。

＊

地井聊得正開心，這時加美似乎想去洗手間，暫時離開了位置；地井下意識的拿起手機，看到了靜宜的簡訊通知。

簡訊內容簡單說來就是在說明自己有多愛地井，如果地井真的要拋棄自己，那麼靜宜寧可選擇離開這個世界。

地井將簡訊刪除，暗自罵了一聲：「哼！幼稚！」抬頭看了一下，發現加美不知道什麼時候，早已站在自己的眼前。

「妳回來啦！」地井連忙將手機收起來，希望自己剛剛的反應沒被加美看到。

加美微笑的坐下，喝了一口酒後問著：「剛剛是你的女朋友和你聯繫嗎？」

地井搖搖頭，一臉輕鬆的說著：「才不是，只是朋友而已。」

「是嗎？」加美露出了一絲奇特的笑容，但是地井並不清楚加美的表情是什麼意思；加美站起身，對著地井說：「走吧！我們換個地方聊聊。」加美的眼神充滿著誘惑。

地井高興的站起來，這時才發現，加美的身邊站著一位帥氣的男人，似乎也是來搭訕的。

「美女，和我一起喝杯酒吧！」帥氣的男人邊說，邊用手輕浮的搭在加美肩膀上。

「真抱歉，今晚我和人有約了。」加美微笑著拒絕後，將帥氣男子的手移開自己的肩膀，轉過頭對著地井微笑：「走吧！我們換個地方繼續吧！」

地井高興的走到了加美身邊，加美摟著地井一起離開酒吧！地井轉過頭看向搭訕失敗的帥氣男子，心中充滿著優越的快感；感覺棒透了！地井表情和內心都充滿喜悅，嘴角上揚的模樣宛如一個勝利者；無論是什麼樣的對象，地井都是一個強勢的征服者，人生勝利組！

坐上了計程車，地井和加美一起到達了一個高級社區，似乎是加美在高級社區的住處，就算是見多識廣的地井，也想不到加美會住在這樣高級的大廈內；坐上了電梯到了十九樓，進到了一間裝潢雖然簡單，卻十分高雅漂亮的套房內。

「請坐！我去準備紅酒。」加美微笑的說完後，向廚房走去，只留下地井坐在客廳裡。

地井看了看四周，這裡不只有客廳和幾間房間，還有大陽臺呢！豪華的大廳讓地井越來越期待。

身材好又美麗的加美，財產似乎也很多，是個很好的獵物呢！地井不懷好意的笑容，讓他的表情看來格外的冷酷。

「哼哼……似乎真的很順利呢！」地井看著十九樓外的夜景，露出了貪婪的笑容。身為地井集團的獨子，一點都不缺錢，再加上自己在公司的工作做得十分出色，獎金和薪水也非常的優厚；那為什麼要到處利用女人去借錢，甚至欺騙女人的錢呢？因為賭博。

或許錢得來容易又從小嬌生慣養，慢慢的就不將錢當一回事，進而染上了賭博的惡習，等到回過神時，已經欠下了許多的賭債；利滾利的結果，讓討賭債的人多次威脅地井要到公司去討債。為了隱瞞這樣的事情，地井以創業的名義騙了許多女人。

然而越賭越大，且無論輸贏都繼續賭著，地井已經到了無法自拔的惡性循環之中。

電話鈴聲突然響起！地井下意識的接起了手機。

「地井……回到我身邊好不好……」

嘖！是靜宜！地井不太開心的想要切斷通話，電話中的靜宜卻突然大喊：「我已經什麼都沒有了！如果連你都不要我的話，我就死給你看！」

地井沉默了幾秒鐘。此時內心除了不高興和感到噁心外，還多了一種冷酷的想法。

「這樣糾纏不清煩人的女人，乾脆就這樣消失不是更好！」

沉默幾秒鐘後，地井率先打破了沉默。

「去死吧……噁心的女人。」地井說得很小聲卻很清楚，直接重重的打在靜宜的心中。

地井切斷了電話轉過身，發現加美早已坐在客廳的椅子上喝著紅酒。

「是女朋友嗎？」加美冷靜的問著，表情帶著微笑。

「不是，只是惡作劇的電話。」地井走回客廳，在加美對面坐了下來。

這時候地井才發現，加美已經換上了黑色薄紗的睡衣。地井隱約看見加美那豐滿的身材，配上加美那陣陣飄來的香水味，以及加美那細微的飲酒聲，極度誘惑著地井，讓地井越來越激動！

嚥下一口唾液的地井，內心想著：「不行……對方不是那種隨便可以上的女人，我要慎重一點。」若是隨便出手，萬一被當作輕浮的男人趕出去，那不就得不償失了。都已經到了這個地步，千萬不能讓眼前的獵物飛了！

＊

被掛電話的靜宜，眼神空洞的看著蠟燭很早就熄掉的蛋糕。

原本有深愛的男友及令人稱羨的工作，但美好的前途就這樣被自己毀了；想到可能再也無法生育的身體，更是感到無力，而如此的下場是誰造成的？

還不是自己傻！自己狠心拋棄交往多年的男友，又心甘情願的將自己的財產及公司的公款拿給地井，最後落得人財兩失……

從公司的種種反應，應該早就發現自己掏空公款了吧！自己花了三年才獲得了公司的信任，現在竟然就這樣背叛了公司，警察遲早會來吧？

靜宜開始準備著，既然自己是不被這個世界需要的女人，就到另一個世界去陪陪孩子吧！

另外一個世界，應該是自己這個罪人的歸屬。

*

加美又喝了一杯紅酒。從夜店到家裡，加美不知道喝了多少杯酒？加美卻完全沒有酒醉的感覺，表情絲毫沒有醉意。

「地井先生。」加美輕聲叫著地井，滿臉微笑的問著：「如果你真的有女友，現在趕過去也沒有關係，我不會介意的。」加美說完，喝了一口紅酒，臉上仍然帶著一樣的笑容。

「真的沒有，我想加美小姐妳誤會了。」地井喝了一口紅酒，一臉輕浮的笑著說：「其他女人和加美小姐相比顯得醜陋和愚蠢；在迷人的加美小姐面前，我眼中只有妳。」

加美還是一樣帶著微笑。兩人喝著紅酒，地井開始聊起自己的專情和浪漫，以及未來遠大的目標等等；大約過了三十分鐘左右，加美突然站起身，望向了窗外。

「是嗎……又是一個傻女人嗎？」加美很小聲地自言自語著，臉上露出了一絲悲傷的表情。

地井仍滔滔不絕的說著未來公司該如何經營，這些不知道已經對多少女人說過的謊話，就像是一篇練習多次的演講稿；等到地井注意到加美站起身時，同時也發現加美的臉上露出了魅惑的笑容。

「來浴室吧！幫我擦擦背吧！」加美將薄紗睡衣脫下，露出了非常漂亮的肌膚，白皙的皮膚晶瑩剔透，絲毫沒有粗大的毛細孔，加美背部的肌膚真的非常美麗。

地井再次吞下了唾液，將自己的襯衫脫下來，看來似乎非常的興奮。

跟著進到浴室的地井，發現加美的浴室也很豪華，明亮的燈光照在加美背部的肌膚上，更是讓地井興奮不已，恨不得立刻上前抱住加美！

加美輕聲細語的對地井說：「地井，你真的不後悔？在這個世界上有個女人是真心愛著你的，為了你失去了性命……」

「我不知道妳在說什麼。」地井無恥的笑著：「我只知道我為了妳失去生命也不後悔！」地井說完後，慢慢的接近加美，看著一絲不掛的背部，地井更想要看看加美正面的裸體！

地井強硬的將加美從背後轉到正面！

加美的正面，並非是地井所想像的豐滿肉體……加美從頭到腳，都只是駭人的骸骨！

「嗚哇啊啊——」地井驚嚇大叫！想要轉過身逃跑時，卻感到腹部一陣強烈的刺痛！地井臉色慘白的低下頭，發現自己的腹部被一隻手從背後刺穿！地井感到力氣都被吸光了一樣，兩腿一軟倒在地上！

地井知道自己再不逃，恐怕會死得莫名其妙！地井掙扎著想要爬出浴室……

「負心的男子……你給予女人的傷害，僅有這個的千萬分之一呢！」化為骸骨的加美，聲音沙啞的說著：「女人從以前就很痴情，會將自己完全奉獻給對自己好的男人，相信一切的付出都是值得的……」加美邊說，邊慢慢走向地井。

又是一陣刺痛！地井想要叫卻叫不出聲！在剛剛的那一瞬間，地井的雙腿已經被加美的手給刺入！

「不要……不要……」地井不知道加美接下來還想要做什麼，只能不停的說著不要。

「當你說不要時，是否也有想過其他女人不願意的抗拒？」

在那瞬間，地井腦海中閃過了許多被自己玩弄的女人，以及曾經被自己侮辱過的女人：地井只為了滿足自己的獸慾，斷送了許多女孩的清白與人生。

加美雖然是骸骨，卻擁有異常大的力氣！加美粗暴的抓住地井大腿與膝蓋間的骨頭，用力的撕扯！不到幾秒鐘，就聽到「啪嘰啪嘰」的聲音，就像是吃著雞翅膀將骨頭拆開的聲音一樣。地井的腿骨已經斷成了好幾節，開放性骨折讓血大量的流出，斷裂的骨頭刺穿了肉與皮膚。

「痛嗎？」加美的笑聲就像是極度乾枯的樹枝被踩斷的聲音。上下開合的下顎骨發出了「咖咖咖咖」的聲響，像是笑聲卻又像是被詛咒的聲音，完全不像是屬於這個世界的聲音。

地井吐出了大量的鮮血，強烈的痛楚反而讓地井的意識更加的清楚；地井看著自己已經爛掉的雙腿，想要逃跑根本就不可能，腹部的血也大量流出，似乎是不太可能活著離開了……

滿是鮮血的骸骨手部，再度慢慢的靠近地井的腹部。

「不要、不要……」

地井眼睜睜看著加美的「手」再度伸進自已的腹部，像是在尋找什麼器官般……突然地井感覺腹部某個地方極度的疼痛！越來越緊，越來越痛！直到感覺到加美將某個內臟給捏破！

「啊！妳做了什麼……」地井虛弱的問著。

「胃……是你的胃。」

胃內的強酸平常是被胃壁給隔離住，現在強酸的部分流向了地井的五臟六腑，除了痛，似乎沒有其他感覺可以形容了！地井的眼球逐漸往上吊，意識卻無法感覺模糊，只能一點一滴的感受痛苦！

「你的靈魂將得不到安息，你會永遠存在於這個痛苦的時空之中。」加美說完後，用力的將地井的內臟狠狠捏爛！並將腸子扯出粗暴的丟在地上！

「咖咖咖咖……」的骸骨笑聲，迴盪在不屬於這個時空的浴室之中……

＊

「死者是在家上吊沒多久後，被警察破門而入及時搶救送來醫院的女子；因為缺氧過久而腦死，目前已經沒有了生命跡象……」護士邊將白布蓋到了靜宜臉上，邊和其他醫生和護士說明著。

不知什麼時候，醫院的窗戶被風吹開，一陣風吹到了靜宜臉上，靜宜臉上的白布掉到了地上。

「傻女人，妳還有人生的旅途要走，不要傻傻的為了壞男人而放棄。」穿著黑色套裝的美麗女人，伸出了骸骨的右手輕輕撫摸著靜宜的臉。「好男人在等著妳，不要辜負了他的真心。」

「誰在那邊？」護士發現似乎有人，趕到了靜宜旁邊，卻發現只是窗外的風將窗簾吹起。「奇怪？剛剛好像有人？」護士轉過身，發現了靜宜的維生裝置似乎又有了反應……

「醫生！醫生！病人還有生命徵象！」護士急忙的叫著，隨即開始急救……

靜宜活了下來，脖子上留下一道深深的疤痕，述說著靜宜奇蹟般的生還；警察查出靜宜挪用的公款早被地井揮霍殆盡，也在其他受害女子的指認下，要求地井集團的董事長為子償債，董事長也因而被公司勒令退休。

警察認為地井可能逃到了海外，目前受到了國際刑警的通緝；真相如何，也不得而知了。

雖然地井集團賠償了靜宜公司的損失，但靜宜仍然被判刑六個月；她在走出監獄的那一剎那，看見了前男友不計前嫌的來迎接自己。

在陽光下的靜宜，流下了既後悔又高興的眼淚。

＊

「被吃的感覺如何？」

地井在另一個時空的浴室之中，眼睜睜看著自己暴露在外的器官，正被毒蟲和餓鬼不停的啃食著。

「求求妳……讓我死吧……」地井身體早已腐爛，只剩一顆眼球掉在外面看著加美；

會留下眼球，似乎是要地井好好的看著自己一點一滴被啃食的經過吧？

終於在許久之後，地井的身體被啃食殆盡，只剩下一副骨骸。

「咖咖咖咖……」加美的笑聲，就像是具有侵蝕性的迴盪在空氣之中。

透過每個人體內的骨骼，深入每個人的五臟六腑。

骨女解說

骨女為江戶時代畫家鳥山石燕《今昔畫圖續百鬼》下的日本妖怪，就像名字一樣，外表是骸骨的女性妖怪。

在《今昔畫圖續百鬼》的解說文中，說明淺井了意改編中國古典小說《牡丹燈籠》中的〈伽婢子〉。故事中荻原新之丞和提著牡丹燈籠的美女亡靈——彌子，每個晚上都在談情說愛；一天晚上隔壁的老人好奇偷窺，卻發現新之丞抱著骸骨的奇怪場面。

在秋田縣的傳說中，訴說著一位男子遭遇了猛雪的侵襲，在一間沒有點燈的房屋前發現了一位美麗的女子邀請自己到家中躲雪，男子禮貌的在門口道謝時，卻發現女人的臉瞬間變成了骸骨。

另外山田野理夫在著作《東北怪談之旅》的青森縣怪談傳聞中，也有談到骨女這樣的妖怪；在安政時代（一八五四～一八六〇）的時候，有許多長得非常醜的女人，在死後因為骸骨也和美女的骸骨無異，所以人們會在夜間的大街上見到骸骨所打扮成的女人。她們喜歡吃魚的骨頭，和高僧見面後就會崩壞。

傳聞總是圍繞著江戶時代，或許和當時政局不穩、戰亂頻傳有關；是否有骨女這樣的妖怪？學術界都說只是種文學創作，和女人渴望美貌有關，但是又有誰可以確定真的沒有呢？

雪女

和丸口一起長大就讀同一間大學的真吾躺在醫院中。

和真吾一起登山的介一到目前仍然下落不明，雖然已經派了許多人去搜山，但是已經第七天了，仍然沒有尋獲；丸口要不是前幾天因為考試不理想的緣故，必須要補考，早就想要來探望他。失蹤的介一生死未卜，情況很不樂觀；或許是天候不佳，也或許是山路崎嶇，搜救隊伍幾乎要宣告放棄了。

和真吾是好友的丸口，只聽說獲救的他仍然不太想說話；從其他人口中得知，他每日醒來就只會坐在病床前望著窗外發呆。

「唷！好點了嗎？」丸口走到了真吾的病床前，想要盡量裝作開朗的鼓勵他，卻發現他只是淡淡的看了自己一眼，眼神充滿著悲傷。

「打起精神來啊！」丸口將帶來的水果禮盒放到真吾病床旁的桌上後，坐下來和他說著：「介一那個傢伙，靈魂就像是受到上天眷顧一樣，一定還在山中吃著野生動物，努力的求生著呢！到時候他回來看到你這個樣子，肯定會笑你一頓的！」丸口邊說邊將水果刀拿起，打算削一顆蘋果給他吃。

「……不會回來了。」

「什麼？你說什麼？」丸口削著蘋果，並沒有很介意真吾在嘟噥什麼。

「介一他……不會回來了。」真吾的聲音很小，但是很清楚。「他已經死了。」

「什麼？」這一次丸口聽得很清楚，停下了削蘋果的動作抬起頭說著：「枉費我們和介一三人從小一起長大，你為什麼要說這麼不吉利的話？」丸口有點惱怒，就算和介一只是普通朋友也不應該這樣說，更何況丸口和真吾還有介一三人是從小一起長大的好玩伴。

先前真吾和介一迷上了登山，丸口則是對於登山毫無興致，所以丸口才沒有參與這次的登山活動。

「別再這樣胡思亂想了！」丸口削好了蘋果，想要交給真吾，真吾卻連看都不看丸口一眼，兩眼空洞的看著前方。就像是靈魂被吸走了一般。

丸口有些不耐煩的說著：「快拿去啦！要我拿著蘋果等多久……」

「……是雪女。」丸口話還沒說完，就硬生生被真吾打斷。

「啊？」丸口愣了一下，瞬間笑了出來。「真吾！你也太搞笑了，怎麼可能有雪女？」

真吾望著遠方不發一語，看到真吾這樣的反應，丸口的笑容也慢慢的僵硬。

「站在大雪中的美女，不是雪女又是什麼呢？」

真吾緩緩的說出了當天的情景。

*

真吾和介一兩人並不是魯莽、衝動的傢伙，挑戰高峰攻頂當然做好了萬全的準備，還和登山社的人一起結伴參加，一群人一起互相照應，照理說應該會很順利才對。

「你們的體力真的不錯！」登山社的前輩對真吾和介一說：「你們雖然沒有參加登山社，但是你們的表現一點也不遜於登山社的成員。」

「當然嘍！」介一大笑著說：「從以前就踢足球到國中，後來雖然沒有再踢足球，但是還是有在進行體能訓練，對於體力和耐力，我和真吾都很有自信！」

「不錯！不錯！」登山社的前輩爽朗的笑著，整個登山隊也瞬間感染了活力。

一群人慢慢的走著，預計晚上七點前會到達山中小屋。

真吾小聲的問著介一：「介一，看你和班上的久留美似乎處得不錯，是不是會和她交往看看呀？」真吾邊說，邊露出了開玩笑的笑容。

「久留美？」介一淡淡的微笑著。「我和她的關係只是朋友而已，畢竟她不是我喜歡的類型。」

真吾仍然笑著說：「原來如此！原來如此！受歡迎的帥哥就是不一樣！」

「別鬧扯了，你也很受歡迎啊！一堆女孩子都很喜歡和你聊天呢！」介一也露出開玩笑的笑容。

兩人邊笑邊聊，登山的疲累也在笑談中，慢慢的消散。

介一活潑外向又有著帥氣的外表，相較之下真吾稍顯內向沉穩，在介一的身邊幾乎毫不起眼；也因為如此，真吾有時會有點小小的抱怨。

就像是豬排飯旁邊的高麗菜絲，可以去油解膩，甚至可以無限量加點，但是就是無法比得上炸豬排的美味，天生的配角命吧！真吾曾經這樣自嘲，也讓人留下了深刻的印象。

到達山中小屋吃了簡單的咖哩飯後，很快的大家也開始休息。他們深夜三點就要出發，因為要趕在日出前抵達山頂，所以沒有多少時間可以休息；通常這樣子的情況下是鮮少有人會中途起來的，因為沒有充足的睡眠攻頂會更辛苦。

如果，能夠睡到該醒來的時間，不要中途爬起來就會沒事了吧……

大約深夜十二點，睡在山中小屋的介一醒過來，把睡在身旁的真吾也給吵醒，真吾看了看周圍，除了登山社的社員起起落落的打呼聲，似乎並沒有任何異狀；只看到介一似乎很緊張的走到了小屋外，真吾也跟著走了出去。

「介一，你怎麼了？」

介一並沒有回話，而是靜靜的朝山路走去，真吾跑向介一的身邊，用力拉住介一的右手。

「介一！你到底要去哪裡？」真吾忍不住大聲喊著。

介一指著前方，看著真吾說：「你聽，前方是不是有女孩子的求救聲？」

「哪有什麼求救聲？」真吾有點擔心的看看周圍，雖然是暑假，山上的深夜卻是非常的寒冷，似乎只有二三度吧？這樣的溫度若穿得不夠暖是會出事的！再說根本沒有聽到任何聲音，真吾直覺是介一睡昏頭了！

正當真吾想要將介一帶回去時，似乎也聽到了微弱的求救聲！

「救命……救命……」聲音非常的微弱，卻又十分的清楚，似乎是個年輕女孩子。

「不去幫忙不行！」介一甩開真吾的手，硬是要向前方的山路走去！

比起莽撞的介一，真吾顯得冷靜多了，想要回去小屋找人求救，卻又不放心介一一個人前進黑暗的山區。介一如此執意要前往，真吾只好暗自嘆了一口氣，繼續跟在介一後面。

夜晚的山區真的伸手不見五指，再加上真吾和介一是突然跑出小屋的，更是什麼東西都沒有準備，只能靠著微弱的月光前進；似乎走了十多分鐘，迷迷糊糊中真吾已快記不得回去的方向了。

「介一！再走下去會迷路的，要不要先走回小屋向其他人求救？」

「開什麼玩笑！回去再過來萬一救不到人怎麼辦？」介一仍然非常的執意要去救人。

介一再怎麼莽撞，也不會這麼的不顧一切；真吾似乎能明白，因為那個呼救的聲音是多麼的讓人介意、多麼的清楚又誘人，似乎就像是羽毛輕輕地搔著自己的內心；那種呼救聲讓人內心既酥麻又充滿心跳加速的感覺。

一種冰冷的感覺飄到了真吾的後頸上，瞬間回過神來的真吾，發現天空緩慢的飄下了細細的小雪。

「雪？」真吾有些愣住了！現在畢竟還是夏天，再怎麼寒冷，也不應該會下雪的才對！

「別發呆了！下雪了要快點去救人才對！」

真吾看向介一的方向。因為下雪而讓月光被遮住了，現在山路如此的黑暗，又該怎麼辨別方向？真吾下意識摸摸身上，並沒有帶上手機或是能發光的電子產品，都放在山中小屋……這時真吾又仔細看向介一的方向，似乎在不遠處有個地方發出了微弱的光芒？

「介一！你看你後方！是不是有什麼東西在發光？」

介一看向真吾指的地方，似乎也發現了微弱的光芒。「啊！似乎真的是那邊？仔細聽！求救的聲音也是來自於那個方向的！」

「有人嗎……請救救我……」

介一催促著真吾：「快點！不要再拖拖拉拉的！」

兩人似乎沒有走多遠，很快就到了發出亮光的地方。剛到就發現一位穿著像是登山客的長髮女子，倒臥在地上，身上已經被雪給覆蓋了一部分，旁邊發出光芒的則是像是手電筒的東西。

「喂！振作一點啊！」介一蹲下身，想要確定看看是否人還活著。

「救救我……」長髮女子又發出了微弱的聲音，介一將女子抱起來轉過身。

一看到長髮女子的臉龐，兩人都不自覺的倒抽了一口氣。

長髮女子非常的美麗！皮膚不但白嫩，還白裡透紅，再加上身材曲線非常的姣好，讓介一和真吾都不自覺的怦然心動。

長髮女子睜開了眼睛，看著介一和真吾，露出了笑容。

「太好了……終於得救了……」長髮女子抱住介一，輕聲的說著：「我的名字是雪奈，是住在附近的住戶；我的腳不小心扭到了，可以帶我回去嗎？」雪奈的聲音既輕柔又好聽，彷彿直接傳到了真吾和介一的心中，這讓兩人不由自主的想多看一眼雪奈漂亮的臉龐。

「我揹妳回去吧！」介一揹起了雪奈，對著真吾說：「真吾，就麻煩你拿著手電筒吧！」介一說完，發現雪奈的身體非常的冷，有些擔心的問著：「雪奈小姐，妳的身體怎麼那麼冷？」

「我躺在雪地中有一段時間了，謝謝你們救了我……」雪奈邊道謝，邊舉起右手指著。「我住的地方在那個方向，麻煩你們了。」

雪在不知不覺中，越下越大，介一揹著雪奈，一步一步的往雪奈家前進，走了一段路後，前方出現了一間看起來只有兩層樓的住宅。

介一稍微轉過頭，側著臉問在自己背上的雪奈：「是那間嗎？雪奈小姐！」

雪奈點點頭：「是的，謝謝你們，請一起進來吧……」雪奈的聲音比剛剛有精神。

真吾推開了門，看向屋子裡面，屋子內的擺設雖然簡單，卻也不算是老房子，就像是山中小屋一樣，還有現代化的擺設。

「打開門右邊的開關……發電機會產生電力的。」雪奈說完後介一打開了門邊的開關，走廊上的電燈也慢慢的發出了微弱的光芒。

「雪奈小姐，妳的家人呢？怎麼只有妳一個人住這邊？」介一邊問，邊走進房子內。

「啊！雪奈小姐要往哪邊呢？我應該先問這個才對。」

雪奈指著走廊盡頭的階梯，輕聲的說著：「我的房間在二樓，把我揹過去就可以了。」介一揹著雪奈走到了二樓房間後，將雪奈輕輕的放到了床上。

雪奈的房間擺設也很簡單，除了一張單人床和衣櫥之外，幾乎沒有其他的東西。

「這是我長大的地方，我的父母親都已經不在了；現在的我也只有在學校放假的時候，才會回到這邊。」雪奈邊說，邊將厚重的防寒衣脫下，身上只穿著長袖和牛仔褲，更讓介一和真吾看得目不轉睛。

「請不要這樣盯著人家看好嗎？」雪奈害羞的說著，臉上泛起了紅暈。

「對不起！」介一和真吾趕緊起身，離開了雪奈的房間；兩人互相看了一眼，似乎都被雪奈的外表給迷住了。

真吾清了清喉嚨，似乎想要鎮靜下來：「既然都沒人和雪奈小姐住，那應該是沒人會幫忙了，我去看看有沒有藥物和熱水，溫度這麼低可不能失溫了。」

「說的也是。」介一和真吾走下樓，卻發現客廳內只有昏暗的燈光和簡陋的桌椅，連個電話和電視都沒有；在真吾拉開抽屜找藥品時，雪奈已經走到了真吾的身邊。

「找什麼呢？」雪奈輕柔的問著。

「啊！」真吾看著雪奈，深怕雪奈誤會。「請雪奈小姐不要誤會，我只是想要找找看有沒有藥物可以用而已，我很擔心雪奈小姐的傷。」

這時候真吾才發現，雪奈已經換上了簡單的家居服，是一種看似簡單的和服，很容易穿脫的那一種；純白色配上一點點紅色的裝飾，非常的可愛。

「好險水龍頭有熱水。」介一端著一盆熱水進來。「雪奈小姐，妳就坐下來吧！我來看看妳的腳傷勢如何。」

「真不好意思，麻煩你們了。」雪奈害羞的坐到椅子上。

介一蹲下身，將雪奈的右腳放到了溫水中，仔細的檢查後洗著；雪奈非常的害羞，介一邊洗邊檢查雪奈扭到的部位，用毛巾擦乾後，用另一條毛巾包覆住雪奈右腳的腳踝。

雪奈包紮好了後，開始和真吾、介一閒聊。

從小就失去父母的雪奈，直到現在，一有時間還是會回到這個擁有兒時回憶的山中小屋，獨自思考著自己的人生。雪奈擁有的孤獨，又有誰能夠體會呢？

雪越下越大了，沒有通訊器材的真吾和介一，也只能邊和雪奈閒聊，邊等著日出的到來。

屋內的溫度越來越低，真吾裹著毛毯，慢慢的墜入了夢鄉……

不知道睡了多久，真吾醒來發現只有自己一個人在漆黑寒冷的客廳中。

「我怎麼睡著了？」真吾迷迷糊糊的起身，發現窗外還是一片黑暗的雪景。

這時二樓傳來了雪奈的笑聲，真吾看了看周圍，發現沒有介一的身影，這讓真吾感到一陣妒火中燒！這麼漂亮的雪奈小姐，也被介一給奪走芳心了嗎？真吾有些火大，打算偷偷上去看看雪奈是否和介一單獨在一起。

真吾小心翼翼的走上了二樓，發現雪奈的房門並沒有關，裡面傳來了雪奈的笑聲，真吾忍不住偷偷的從門縫偷窺。

雪奈吻著介一，介一的身體卻慢慢結凍，皮膚慢慢轉成白色，就像是有一層冰霜覆蓋在介一的身上一樣……從介一僵硬的表情看來，介一正愉悅的享受著，雪奈則是開心的微笑著。

雪奈再次深情的吻著結凍的介一，介一的身體彷彿承受不住重量，瞬間開始出現龜裂，發出了刺耳的聲音！緊接著介一的身體四分五裂，凍到變成白色的人頭就這樣滾到了地上！

血液也都凍成了白色！真吾清楚的看到介一裂開的頭顱，連腦漿都成了白色……

「嗚哇啊啊啊——」真吾嚇得往後一跌，發出了驚恐的叫聲！

雪奈轉過身，對著真吾微笑。「不要走，留在我的身邊吧！」說完後，緩緩的朝真吾走過來。

「不！不要過來！」真吾大聲喊著，雪奈卻仍然朝著真吾的方向走來。

「嗚哇啊啊啊——」真吾邊大聲尖叫，邊朝著樓梯口跑去，因為太過驚慌，腿一軟從二樓滾到了一樓！

「痛……」真吾抬頭赫然發現雪奈就浮在半空中，低著頭看著真吾。

「留下來陪我吧！」雪奈看著真吾，深邃的瞳孔和柔軟的嘴唇，讓害怕的真吾又再次深深的被吸引。

真吾驚恐的問著：「為什麼？為什麼妳要殺了介一？妳到底有什麼目的？」邊問邊發抖的真吾，已經分不清到底是緊張？還是看到雪奈心動到心跳加速了。

「我很孤單。」雪奈的表情帶著無限的寂寞。「在這永遠不會天明的山中小屋，只有永無止盡的大雪陪伴著我；我將人冰凍起來，他們就不會想要逃走，永遠都會陪伴在我的身邊了。」

真吾邊發抖，邊害怕的問著：「就算他們都死了，不會思考、不會動，也沒關係嗎？」

雪奈這時像是滴下了一滴眼淚，那眼淚就像是水晶，似乎是雪奈的眼淚瞬間結凍而成的；冰淚石掉到了真吾的身上，在那一瞬間，真吾彷彿看到了一些模糊的畫面。

願意陪在雪奈身邊的人，不僅要耐得住這無盡的長夜，還必須要能忍受這種冰天雪地的酷寒天候；無論男女老少，在沒有禦寒或是食物的情況下，通常熬不了幾天，就會結凍再也活不了了。

只有雪奈在這樣的時空中，能夠永遠的保持著青春美麗，等待下一個來「陪伴」自己的人類。

那種寂寞又充滿著痛苦的感受，似乎也一併傳達給了真吾。

真吾猛力的推開雪奈！朝著大門跑去！雪奈飄浮在半空中，快速的追趕著真吾！

「別走！留下來陪我吧……」真吾耳邊不斷傳來雪奈的聲音。

真吾不停的跑！究竟跑了多遠，跑到了什麼地方，真吾自己都不曉得；直到恢復意識後，自己已經躺在醫院內。

＊

真吾說完，丸口和真吾都陷入了沉默。

受不了這種沉默，丸口率先打破了這種令人難受的狀況。「或許……有人說這只是大雪中的幻覺，又或者只是一種長夢，介一或許還在哪個山洞中也說不定！不是有人說什麼山中類似香菇的植物，會讓人產生錯覺嗎？或許只是你昏倒後的夢境也說不定……」

真吾看看丸口，從他旁邊的抽屜中小心翼翼的拿出了皮包，從裡面拿出了一條手帕。

真吾將手帕打開來，示意讓丸口靠近。「你看看這東西吧！」

手帕中有一個會發出微弱白光像是水晶的東西！晶瑩剔透的水滴看起來十分的漂亮，丸口深深的被它給吸引。

丸口看著這個水晶，驚訝的說著：「難道？這個就是……」

真吾點點頭，將水晶包好後收起來，看著窗外不發一語。

沉默了幾分鐘後，真吾像是自言自語般說著：「總之，介一不會回來了，他會永遠陪在雪奈身邊吧……」窗外的夕陽似乎在訴說著這次的談話即將結束。

丸口離開後又過了幾天，聽到了真吾出院後準備了大量的登山用品，登山失蹤後再也沒有出現過的消息。

真吾到底是不是去找雪奈了？丸口也不知道，只記得當天真吾的表情帶著無限的寂寞和憂傷，或許真的是出發去陪伴雪奈了也說不定？

對於真吾而言到底是不幸還是幸運，也只有真吾自己清楚了。

雪女解說

雪女是一種雪妖。雪女其實有許多種稱呼，如：「雪娘」、「雪娘子」、「雪女郎」、「雪大姊」、「雪婆婆」等，相同點都在於會吹出結凍的氣息。

雪女的起源非常古老，室町時代末期（一三三六～一五七三）的連歌師——宗祇法師在《宗祇諸國物語》中將他在越後國（現在的新潟縣），遇見雪女的事情記錄下來。

傳說新潟縣小千谷市，有一個美女拜訪了一位男性，並聲稱希望嫁給他，但是美女非常討厭洗澡，而且她待過的地方都會有冰塊及細雪掉落；青森縣和山形縣也有類似的傳說，在下雪的黑夜，山上的雪女拜訪了老夫婦，因為不小心被爐火給燒到，想在深夜離開卻被老先生挽留，老先生意外發現雪女的手就像冰一樣寒冷，雪女瞬間就化成了雪煙消失的無影無蹤；也有雪女帶著孩子，將孩子交給路人抱著，孩子越變越重，最後路人被凍死的傳聞。

聞。

同樣也是雪女的孩子，卻有抱著孩子的武士，最後獲得無數的金銀財寶和怪力的傳

青森縣弘前市和岩手縣遠野市則是傳聞：過年滿月時期，雪女會帶著很多孩子來遊玩，這時雪女被敬稱為「歲神」，會給予村人大量的黃金當作謝禮；最有名的小泉八雲版本，則是寫到在許多地方有著一樣的傳聞，雪女和山中的獵人成為了夫婦，當獵人說出小時候見過雪女的回憶後，雪女就會消失。

日本文學家古橋信孝指出，雪女實際上就是雪精靈，會以各種雪中靈體呈現；山形縣則是說雪女是來自月亮的公主，因為回不去，所以為了排遣無聊會在過年時出現；江戶時代的學者山岡元隣則說，雪女是從雪中誕生的極陰生物，所以是女性的形象。

精神科研究者則指出，在大雪中容易出現幻覺，雪女其實只是表現慾望的一種幻象。

無論是傳說還是怪談，雪女的美麗和寂寞都是相同的。

八尺大人

暑假時，大學生加野來到了鄉下的爺爺奶奶家。

「我們家的加野也成為了大學生，真是光耀門楣、可喜可賀啊！」加野的爺爺高興的說著。

加野的奶奶也高興的說著：「別只顧著說話，快進來吧！等等可以吃冰過的西瓜喔！」

加野一直以來都和父母親住在都市，考上大學後特別來到鄉下避暑、渡假，這讓加野有一種放鬆的感覺；看到專程來門口迎接自己的爺爺和奶奶，加野也有一種說不出口的感動。

「爺爺奶奶就不要忙了吧！我還要住好幾天呢！」開心的笑容，更是完全表現出加野的喜悅。

上了大學後就要半工半讀，生活會更加的忙碌吧？加野想到這應該是人生中最後一次悠閒的暑假了吧？會選擇來鄉下爺爺奶奶家，是希望自己能夠好好的放輕鬆。一想到在放榜前的每一分、每一秒都在緊張和競爭的情緒中度過，加野就有種肩膀痠痛又沉重的錯覺；看著眼前的山坡和美好的樹林，一切的壓力也隨之釋放。

爺爺一直都是地方公務員，和奶奶一起將加野的父親扶養長大。加野的父親到都市去打拼，爺爺則在幾年前退休和奶奶過著清閒的日子；除了夏天種種西瓜種種蔬菜，基本上靠著爺爺的退休金和奶奶的老人年金生活並不辛苦，只是兩位老人家似乎不想那麼快閒下來，還想要再工作三十年呢！

加野悠閒的日子就這樣過了一星期，除了偶爾出去釣釣魚，其餘的時間幾乎都窩在房間吹冷氣玩電玩遊戲，吃飯什麼的爺爺奶奶都會幫忙準備好，慢慢的加野覺得日子無聊了起來。

一大早加野就看著爺爺去農地，過沒多久奶奶似乎也趕著出門。

「奶奶，今天要出門啊？」加野似乎很好奇的問著。

「是啊！今天老人會有落語表演，有興趣去聽嗎？還有不錯的日本茶可以喝唷！」

奶奶似乎想要加野一起去，暗示的意味很濃厚。

一想到老人會，加野苦笑了一聲：「不了，我還是留在家看電視吧！」

「肚子餓了就自己弄點東西吃吧！奶奶參加完老人會的聚餐才會回來。」奶奶再三叮嚀。

「又不是小孩子，怎麼那麼緊張呢？」加野自言自語的走回房間玩電視遊樂器。

到了下午，加野坐在一樓的庭園前，看著下午的庭園景色發呆；手中的蘇打冰棒似乎暗示著加野對於現在的悠閒感到非常的滿意。

突然傳來了一陣奇怪的聲音。

「啵啵啵啵……」

「嗯？」加野不曉得這是什麼聲音，看向了圍牆。

圍牆邊有個女人戴著遮陽帽，似乎是這女人發出「啵啵啵啵」讓人不舒服的笑聲。

這個戴著遮陽帽的女子真高啊！當加野這樣想的時候，女人又發出「啵啵啵啵」的笑聲，看起來像是穿著白色的連身裙，遮陽帽遮住了女人的相貌，讓加野看不清楚。

這女人一下就走了，似乎到了轉角處後就沒有了身影，「啵啵啵啵」的笑聲也消失，加野也就不以為意了。

奶奶下午回來後，就開始準備晚餐，爺爺也在黃昏時從農地回來，加野在吃晚餐的時候，隨口和爺爺奶奶提到。

「下午的時候，我有看到一位很高大的女人喔！應該是穿著超級厚底的鞋子，或是男扮女裝的傢伙，原來鄉下這邊也像都市一樣這麼追趕流行啊！」

「嗯！原來社區也有人開始趕流行了啊！」爺爺隨口回應著，手上拿著奶奶下午帶回來的日本茶，似乎很喜歡這味道的樣子。

「長得比圍牆還高大，又帶著遮陽帽發出「啵啵啵啵」的怪聲，真的是很奇怪的傢伙。」加野的態度很輕鬆，似乎並沒有特別去想什麼。

像是一瞬間空氣凍結了一樣，爺爺和奶奶同時看向了加野，爺爺打翻了茶杯，日本茶流滿了桌子；奶奶的表情也異常的驚恐，兩人的反應讓加野也瞬間愣住了。

「怎、怎麼了？為什麼用這種表情看著我……」加野以為自己說錯了話，說到別人的壞話……

「什麼時候看到的？」爺爺非常激動，激動到站起身，雙手用力拍向桌子。「在哪裡看到的？比圍牆高多少？是不是你看錯了？」面對爺爺的追問，加野變得更加緊張，將所看見的狀況一五一十的告訴了爺爺。

「完蛋了、完蛋了……」唸唸有詞的爺爺，走出了客廳，在走廊打了好幾通的電話；因為拉門已經關上，加野無法聽清楚爺爺談話的內容，轉過身看向奶奶的加野，發現奶奶的臉色鐵青，似乎在發抖著。

氣氛真的很糟糕，讓加野覺得是不是結束假期返回都市比較好？在思考的那段時間，加野看向了窗外，心中浮起了一種恐怖的感覺。

過了一段時間，爺爺回到了客廳內，嚴肅的說：「今天你就待在這邊睡吧！哪裡都不可以去！」

加野感覺自己似乎做了很糟糕的事情，拼命的想來想去，卻沒有任何頭緒；是那個奇怪的女人自己來這邊的，又不是加野主動去看的，為什麼會有這麼大的反應？

「老婆子，我去接神主大人過來，加野就麻煩妳照顧了。」爺爺說完後，走到了房子外啟動了那臺他裝滿農具的發財車，快速的開走了。

「到底是怎麼回事？」加野害怕的問著奶奶，發現奶奶仍然不停的發抖著。

奶奶的臉上充滿了驚恐，讓皺紋更加的明顯，奶奶用發抖的聲音說著：「加野啊！我的乖孫啊！你可能被八尺大人看上了……不過不用擔心，你爺爺會想辦法的，你不要害怕啊！」奶奶雖然嘴上要加野不要擔心，卻可以看到奶奶的眼眶已經被眼淚給弄得濕濕的了。

加野看到奶奶為了自己擔心到流淚，卻完全不知道所謂的八尺大人的事情，加野有些不耐煩的說著：「奶奶，是否可以把事情說清楚？那個八尺大人到底是什麼東西？不能叫警察嗎？」

沉默了一段時間，奶奶發抖著說：「八尺大人……祂不是人類啊！」

「嗄？」

在這個鄉下，有個叫做「八尺大人」的危險鬼怪，外型會化做高大女人的模樣；就像是名字一樣，因為身高接近八尺高，還會發出「啵啵啵啵」像是男性般不舒服的笑聲；外型會因為看到的人而有所改變，有時會是穿著喪服的年輕女子、有時則是穿著短袖和服的老婆婆，也會出現今天你所看到的漂亮年輕女子的外型，共通點都是那高大不尋常的外表，以及讓人毛骨悚然的笑聲。

「就算是妖怪！總不可能憑空出現吧？」加野大聲的說著。

奶奶流下了眼淚，繼續說著八尺大人的事情。

被八尺大人看上的人，在數日內就會死亡；距今最近一次八尺大人殺人的事情，就在十五年前。

當年是個剛上高中的年輕男孩，在夏日的午後到溪邊釣魚，不知為何八尺大人突然出現並發出令人不愉快的笑聲；年輕男孩在隔天晚上被發現暴斃在自己的房間內，臉上充滿著驚恐痛苦的表情。

「凡事總有原因吧？這樣莫名其妙的解釋我無法接受！」加野大聲的說著，似乎是因為害怕，也或許是認為理由太過牽強，反而有一種爺爺奶奶在耍他的錯覺。

「年輕人，稍安勿躁。」外面傳來了一位老先生的聲音。

加野轉過頭，發現在和奶奶說話時，爺爺剛好帶回了一位老先生。

爺爺對加野說：「這位是從以前到現在一直守護著我們的神主大人，今天要靠神主大人的力量來保住你的性命。」

「年輕人，已經知道八尺大人的事情了嗎？」神主大人問著加野。

加野看著眼前這位目測已經超過八十歲的老人，似乎不太曉得到底會發生什麼樣的事情，神主大人便開始述說著八尺大人的事情。

不知道在多久以前，有個會咒術的旅行者和附近的村人起了嚴重的爭執，似乎結了很深、很深的怨恨，所以這位會咒術的旅行者召喚了不應該存在於這個世界的東西——八尺大人。

咒術被強烈的怨恨反彈，旅行者也死於非命；不受控制的八尺大人到處殺人，直到遇到了雲遊四海的高僧，聯合了當代神主大人的力量，創造出了地藏王菩薩的結界，才將八尺大人的力量削弱並封印在這一個地區；為了封印住八尺大人的行動力，東西南北的邊界共有四個地藏王菩薩鎮壓著。

當年為了縮小範圍，並讓村莊獲得好處，例如：水利優先權或是道路優先權等等，村莊決定讓八尺大人留在這個區域；反正十幾年才會出現一次，以前的村人甚至認為這是非常好的交易。

時至今日，當年村莊的界線早已模糊。

雖然聽完說明的加野仍然覺得事情很誇張，但是看到爺爺奶奶以及這位所謂神主大人嚴肅的態度，似乎也覺得全身一陣寒意。

「事情已經發生了，今天你就先將這個帶在身上吧！」神主大人從袖口拿出了一張看不懂的符咒，是用毛筆在白色的紙上寫的符咒；只是白紙看起來有些泛黃，似乎是很久以前的產物了。

加野好奇的問著：「這是什麼？」

「這是前前代神主大人用強大的精神力所寫下的幾張符咒，傳到現在只剩下兩張，這張就交給你了。」神主大人說完，吩咐加野一定要帶在身上，接著和爺爺一起到二樓的房間似乎在準備著什麼東西。

突然加野肚子一陣翻滾，站起身準備前往廁所，這樣的舉動卻讓奶奶嚇了一大跳！

「加野！你要去哪裡？」奶奶緊張的問著。

「肚子痛啦！想去蹲個廁所。」

「我陪你去！」奶奶堅決的說。

連上廁所奶奶都要跟著，還不允許加野關門，這讓加野覺得事情真的變得一發不可收拾啦……

不久之後，加野被帶到了二樓的房間，已經住了一個多星期的房間變得完全不一樣。

房間有窗戶的地方都用報紙將縫隙塞住，再貼上符咒，房間的四個角落也放了鹽堆和一些繩結；房間的桌子中央放著一小尊佛像，放在木頭箱子上，感覺起來歷史很悠久了。

「絕對不可以踏出房間一步。」神主大人嚴肅的說著。

加野疑惑的問著：「那麼……我想上廁所怎麼辦？」

「喏！用這個！」爺爺不知道從哪邊搬來了兩個便盆，似乎要加野就在房間內解決。

爺爺嚴肅的說著：「已經是晚上了，加野你仔細聽好，明天早上之前絕對不可以離開這個房間，爺爺和奶奶都不會來叫你，你也千萬不要自己跑出門；等到明天早上七點之後，你再自己走出來，在那之前千萬不要走出這個房門半步啊！我們會和你爸爸媽媽說清楚，明天早上搭爺爺的車離開這裡。」

神主大人也說著：「現在說的事情你一定要好好遵守，符咒也不要離開身邊，若是發生了任何事情，你就在佛像面前祈禱吧！」

面對爺爺和神主大人嚴肅的態度，加野也只能頻頻點頭。

爺爺和神主大人離開了加野的房間，加野看到爺爺離去時堅決的眼神，想要相信爺爺卻又感到害怕，有一種發自內心的不安感覺。

剩加野一個人在房間後，爺爺和神主大人似乎到一樓客廳去了，加野在房間內聽不到任何的聲音；雖然爺爺說可以看電視，加野卻因為心神不寧的緣故，就算打開電視也完全看不進去；連奶奶準備的飯糰和零食，加野也是一點胃口也沒有。

在不安和緊張的心情下，加野才真正感覺到了恐懼，躲到棉被中不停的發抖，不知不覺中睡著了。

「柏青哥！命中率超高的柏青哥！」

電視雖然小聲，加野還是轉身將深夜柏青哥的節目關掉；接著拿起了手錶，時間正好剛過凌晨一點，當年是沒有手機的年代，手錶仍然很盛行。

「還真是在討厭的時間醒過來啊……」

「叩叩！」

正當加野還在自言自語時，傳來了敲窗戶的聲音！不是用小石頭或是其他東西丟窗戶的那一種聲音，而像是用手輕輕敲所發出來的聲音！房間位於二樓，怎麼可能會有人站在外面呢！

「叩叩！叩叩！」又傳來了敲窗戶的聲音！而且還敲了四下！

加野拼命說服自己那是風的聲音，趕緊將電視再度打開，將音量轉到非常大聲強迫自己看電視！看著電視內柏青哥「劈哩啪啦」的聲音，加野將瓶裝烏龍茶大口的喝下！

就在這時候，加野聽見了爺爺的聲音。

「喂——還好嗎？害怕的話就不要再硬撐啦！」

是爺爺！加野恐懼的感覺瞬間消失了一大半，快步走到門前；但是立刻又想到了爺爺之前的吩咐——不會有任何人來叫加野的！

原先想打開門的加野，手僵硬在門前……

「怎麼啦？快打開門過來這邊啊！」

那聲音非常像爺爺的聲音，但是絕對不是爺爺！加野不知為何會有這樣的感覺，全身汗毛都豎立了起來，胃部不停的有乾嘔的感覺！加野後退了幾步，看向了牆角的鹽堆……

鹽堆的上方開始變成了黑色，電視和電燈突然瞬間熄滅！房間變得非常的黑暗！

加野嚇得趕緊跪在佛像前，將符咒捏得緊緊的拼命唸著：「救苦救難的佛祖，大慈大悲的菩薩，快救救我……」

「啵啵啵、啵、啵啵……」

這時加野開始聽見那怪聲，窗戶也開始「碰碰碰」發出聲響！加野不經意瞥向了窗戶。一隻灰白色噁心的手，正用力的敲著玻璃窗！

加野能做的，也只剩跟佛像祈求了……

＊

非常漫長的一夜，終於熬到了白天。

加野猛然間發現已經早上了，電視也不知道在什麼時候開始播起了晨間新聞；加野看到電視上所顯示的時間，已經是七點三十分了；敲窗戶的聲響和那怪聲也在不知不覺中消失了。

加野才發現自己跪了一整個晚上，雙腳麻得就像不是自己的一樣；邊揉邊讓自己的雙腿恢復知覺的加野，這時發現四個角落的鹽堆已經完全變成了黑色；這讓加野非常的害怕，為了保險起見加野又看了看手錶，時間和電視顯示的一樣，加野才戰戰兢兢的打開了門……

外頭站著一臉擔心的奶奶和神主大人，奶奶一看到加野就哭著說：「沒事就好、沒事就好。」邊說邊心疼的將加野摟在懷中。

「奶奶……」加野感覺鬆了一口氣，淚水在眼眶中打轉。

「好了，我們下樓去。」神主大人還是非常嚴肅，這讓加野覺得事情還沒結束；加野和奶奶還有神主大人走到一樓，加野發現連父親都來了！而爺爺正從外頭走進來催促著加野快點上車。

加野走到父親旁邊問著：「爸，我還要做什麼嗎……」

「先別說了，快點上車離開這裡吧！」加野的父親拍拍加野的肩膀，要加野快點跟著上車；庭院外停了一輛廂型車，座位上還有幾個不認識的男人。

「快！你坐中間！」加野的父親催促著。

廂型車是九人座的那一種，加野被分配坐到中間那一排的正中間，神主大人坐上副座後，庭院內的男人們也都坐上了車，將加野包圍起來。

坐在加野右手邊的中年大叔，皺著眉頭說：「事情會變得非常麻煩，那東西因為達不到目的，有點陷入抓狂的樣子；我們雖然看不到那東西，但是你應該會看得到，千萬不要看祂，閉上眼睛低下頭吧！」

接著由爺爺的發財車帶路，後方是加野坐的廂型車，最後方是加野父親的轎車，車隊按順序出發了。

就算是白天，那種不安又恐懼的感覺仍然揮之不去。

起先車隊開得非常慢，時速大概連二十公里都不到，就這樣行駛了一段距離，坐在副座的神主大人拿起了佛珠和符咒，喃喃自語的說著：「現在是關鍵，年輕人你可要撐住啊……」說完後開始唸起了不知名的經文。

「啵啵啵、啵、啵、啵啵……」令人不舒服的聲音越來越大聲！

加野緊握著神主大人給的符咒，想要閉起眼睛低下頭時，卻又不知道為何，加野好奇的瞇著眼睛悄悄看向窗外。

窗外穿著白色連身裙的龐大身影，跟車子的速度一樣大步的奔跑著！因為身高的關係從車窗看不到頭部，但是仍然可以感覺到祂想窺視車內，因此出現了低頭的動作！那種蒼白又帶著怨恨的臉，讓加野忍不住發出「哇」的一聲！腦中似乎出現模糊的感覺……

「不要看！」旁邊的大叔嚴厲的斥責！

加野趕緊閉緊眼睛，用力的捏緊符咒！

「叩！叩！叩！」

這時又響起了敲車窗的聲音！雖然其他人看不見祂的模樣也聽不見怪異的聲音，但是敲打的聲音卻非常的清楚！其他人似乎也被嚇到發出了叫聲，大家都驚恐萬分；神主大人更專注的誦經。

終於，怪聲和敲窗戶的聲音都停止了。

神主大人深深的嘆了一口氣：「終於……平安度過了。」已經離開了地藏菩薩的結界，八尺大人追不過來了。

「真是太好啦！」圍在身邊的男人們開始向加野道賀。之後車隊在寬敞的路邊停下來，加野的父親對著男人們一一道謝，加野也鬆了一口氣的坐上了父親的轎車。

在大家聊天之際，神主大人走到了加野的身邊。

「符咒給我看一下。」神主大人伸出右手示意要看加野的符咒。

加野下意識鬆開一直緊握著的符咒，發現符咒整張變得黑漆漆的。

神主大人點點頭：「雖然應該沒有問題了，不過你還是暫時把這張符咒帶在身上以防萬一吧！」最後一張前前代神主大人寫的符咒也交到了加野的手中。

之後加野從父親口中得知，加野的父親認識的人中也有因為被八尺大人看上而全家搬走的事情。雖然當地大部分的人都知道八尺大人的存在，但是為了地方的繁榮不得不將此事隱瞞起來。

而當時廂型車上的男人們也幾乎都是爺爺的親戚，多多少少和加野有血緣關係，目的就是為了要混淆八尺大人；為了避免晚上發生危險，所以就安排在一大早坐車離開。

之後加野也知道，爺爺和父親也做了最壞的打算：如果真有萬一，他們兩人願意當加野的替死鬼。

加野回到都市後，被嚴重告誡不能再去那邊了；在加野和爺爺通電話時，加野詢問爺爺當天凌晨是否有叫他。

爺爺當然斬釘截鐵的說沒有那回事。

一聽到這裡，加野的背脊又涼了一大截：被八尺大人殺害的人，通常都是成年前的青少年或是小孩，在極度不安的情況下，很容易因為聽見家人的聲音，而卸下心防將門打開……

*

時光流逝，距離加野當年的事件已經十年了，這中間也沒有什麼奇怪的事情發生，直到那一晚接到了奶奶的電話。

加野的爺爺在兩年前就已經過世，當年爺爺的遺言就是不准加野回來參加他的葬禮；這件事讓加野留下遺憾；今晚奶奶的電話則讓加野開始坐立難安。

「封住八尺大人的地藏菩薩不知道被誰破壞了……剛好那方向是通往你家的……」奶奶的聲音充滿無奈及恐懼，似乎還有點發抖。

「神主大人呢？神主大人有沒有說什麼？」加野緊張的問著。

「神主大人……」奶奶嘆了一口氣，無奈的說著：「神主大人身體不好、年紀又大，在幾年前就已經……神社也沒有人繼承，現在也呈現出半荒廢的狀態了。」

加野晴天霹靂，耳朵開始嗡嗡作響，掛上電話後只能安慰自己當年只是幻覺和迷信，且自己早已成年，怎麼可能還會有八尺大人來討命呢？加野打開了藏在自己衣櫥中的一個鐵盒子，找出了當年神主大人給自己的最後一張符咒……

那張符咒一半都變成了黑色。

什麼時候，會再度響起那個聲音呢？

「啵啵啵、啵、啵啵……」

八尺大人解說

八尺大人是日本《二ch》恐怖版所謠傳的日本妖怪，算是近年來的都市傳說之一。會發出「啵啵啵啵」像是男人一般讓人毛骨悚然的笑聲，高八尺（約二四〇公分），因此被稱為八尺大人；每個人看到的樣子都不盡相同，從年輕女子到中年婦女，甚至是老太婆的模樣都有，共通點在於頭上都會戴帽子或是飾品，身穿白色的連身裙。

數十年才會出現一次，通常為了吸引被害者注意，都會發出讓人不舒服的笑聲，被害者也都是年輕的男性或是小孩子居多。

因為被地藏王菩薩封印的緣故，只會在特定的區域出現；但是情報指出，當地的地藏王菩薩的封印，似乎已經被破壞了。

長頸女妖（上）

男子被長長的脖子給纏住脖子！無法呼吸的男子臉色慢慢鐵青，雙手在半空中不斷的揮舞著！

「住手……快點住手……」極度缺氧的男子，眼睛慢慢的往上吊露出了眼白，舌頭也因為痛苦而伸得長長的。

不清楚是唾液還是眼淚，男子雙手一攤，「咚」的一聲倒地不起。

是女人的笑聲？還是夾雜著哭泣和悲傷的笑聲？在夜晚迴盪著……

＊

在都市的一間公寓套房中，紗千穿著寬鬆的短袖上衣和小熱褲，身上圍著一條圍裙，正拿著水彩作畫；眼前是很普通的水果靜物，算是很入門的基礎練習，但是從紗千繪圖的技巧看來，似乎早就蘊藏了深厚的底子。

電話聲響起，紗千放下畫筆拿起手機。

「紗千，吃飽了嗎？」溫柔的男人聲音。

「還沒，等你下班帶吃的給我唷！」紗千用脖子夾著手機，兩手拿起水彩調色盤和水彩筆作畫。

「知道了，松屋的牛肉飯好嗎？」電話中的男子溫柔的問著。

「牛肉飯嗎？」紗千頓了一下，微微歪著頭說：「牛肉飯是很好吃，可是我也想吃定食附贈的沙拉耶！不然換成牛燒肉定食可以嗎？」

「ＯＫ——」電話那一頭傳來了爽朗的聲音。

＊

「哇！你還幫我買了溫泉蛋耶！」紗千開心的邊笑邊將溫泉蛋放到牛燒肉飯裡面，看著滑嫩的溫泉蛋和牛燒肉飯混在一起，紗千高興的用雙手夾緊身體，與奮得跳著。

「真是敗給妳啦！」紗千的男友從二雖然嘴巴這樣說，卻絲毫沒有責怪紗千的意思，反而覺得這樣的紗千很可愛呢！

紗千畢業於美術大學，和從二在打工的時候認識的。比起從二就讀的法律系，紗千的美術系十分的花錢和消耗時間，因此紗千除了打工之外，基本上其他時間都在畫圖；紗千曾經獲得幾個小獎項，可惜畢業後是否要繼續升學卻成為了紗千的煩惱。

如果繼續升學專攻美術研究所，光靠打工的錢肯定不足；認真的考慮過後，紗千決定暫時休息兩年，這兩年專心打工和磨練技巧，兩年後再去攻讀美術研究所；在這一段時間中，和體貼又開朗的從二陷入了熱戀，兩人很快的就同居住在小套房公寓中。

從二則是繼續攻讀法律，未來想要從事律師之類的工作。

兩人打工的時間都很長，也就格外珍惜彼此聚在一起的時間。

「啊！啊！」紗千突然像是抱怨一樣的叫了幾聲，嘆了一口氣說著：「要不是沒有什麼錢，真希望打工的時間減少一點，可以多畫一點圖。」

「這也是沒辦法的啊！哈哈……」從二笑了笑繼續說著：「也只有現在這段時間比較辛苦一點，等紗千妳正式開始就讀美術研究所，到時候或許我就能成為律師來照顧妳了唷！」從二溫柔的說著，兩眼充滿著深情。

「真是的，光會用嘴巴說……」紗千害羞到臉頰通紅。

從二溫柔的摟著紗千，輕輕的吻著紗千的後頸。

「討厭……我還沒吃飯呢……」

紗千的呼吸變得急促，似乎對於從二的挑逗一點抵抗能力也沒有。

「嘟……！」一陣刺耳的電話鈴聲，將兩人嚇了一大跳！紗千看向自己的手機，原來是自己的手機聲，紗千站起身，卻被從二從後面摟住。

「唉唷！不要鬧了啦！我要去接電話呀！」

「不要！不管是誰打來的都不要接。」從二像個小孩子一樣故意耍賴著。

「放開我啦！」紗千總算慢慢脫身，接起響個不停的手機。

從二放開了紗千，小聲的抱怨著：「嘖！真是讓人討厭的電話啊！」

「咦？婆婆她……」紗千愣住了，臉色鐵青的看向從二，從二卻忙著將紅生薑放進自己的牛燒肉飯，完全不理會紗千。

等到紗千結束通話，從二才注意到紗千的表情十分的凝重。

從二聳聳肩，半開玩笑的說著：「怎麼了？我沒有偷吃妳的溫泉蛋喔！」

「婆婆她……」紗千頓了頓，吞了口水後繼續說著：「婆婆她，快要死了……」

「誰？」聽說誰要死了？從二看向紗千。

兩人不發一語，周圍的空氣也像是結凍了一般。

初夏為何如此寒冷？

＊

火車上，從二一臉茫然的看著紗千；紗千硬是將打工的工作推辭掉，請了一個月左右的假期，和從二一起前往另一個都市；若不是紗千的婆婆匯給了紗千不少的錢當作無法打工的賠償和旅費，紗千也不可能回去，靠著這筆費用，紗千也才能夠帶著從二一同前往。

「有很多地方我不是很懂，怎麼那麼的突然？」從二問著紗千。

從那天開始，紗千的話就非常的少。

從二嘆了一口氣又說著：「我靠著臨時和同事調班，拿到了一個星期左右的假，妳不說清楚，我真的不曉得妳到底要做什麼。」說完後，打開了綠茶開始喝著。

「是三條氏……」

「什麼？」因為紗千的聲音太小聲，從二又問了一次。

「我的母親，是三條家族的人。」紗千說完，露出了悲傷的眼神。

「三條家族？我沒聽過。」從二喝了一口綠茶後，放下罐子。「妳不是說妳小的時候母親就因為身體虛弱病死了嗎？父親靠著微薄的薪水撫養妳長大，然後妳讀完大學留在都市嗎？怎麼這時候會出現什麼婆婆的？」

「是呀！在母親的葬禮上，沒有半個三條氏的人來。」紗千的眼神充滿著鄙視，似乎對於三條氏那邊的人沒有好感。

但是紗千還是記得，母親在病床上對著自己說的話。

「三條氏的血液中還是殘留著詛咒……總有一天妳還是要面對那個詛咒……」

*

「這是妳婆婆的家？」從二愣在門口，說不出話來。

一間歷史悠久的宅邸，金碧輝煌的座落於都市的黃金地段。

「紗千是嗎？馬上會有人去接你們，請等一下。」從大門口的對講機，傳出了冷漠的聲音。

過沒幾分鐘，紗千和從二被一位老侍女，帶到了偌大的宅邸裡面。宅邸內的裝潢雖然稱不上金碧輝煌，卻可以從各種裝飾品看得出來，三條氏一族輝煌的歷史。

三條氏一族是歷史悠久的望族，無論怎麼改朝換代，三條氏總是能在政商名流界擁有一席之地，在明治維新的時代甚至富可敵國；每逢戰爭時代都能夠快速累積財富，所以在每個朝代都能立於不敗之地。

三條氏的男女老少，不論是政治家、企業家，甚至是技術性的工作職人、學者、科學家等，都聽命於三條氏的每一任當家主。因為當家主的預言或是建議，幾乎都能讓所有三條氏家族的子孫，在關鍵時刻選對方向。

在紗千母親這一代，因為子孫實在太多，紗千母親又是屬於血緣很遠的遠親，並沒有獲得當家主的青睞；紗千母親病死後，紗千完全和三條氏斷絕往來。

紗千和從二被帶到了一間極大的和室內，老侍女微微躬著身對兩人行禮後就離去，留下紗千和從二兩人互相對看；和室內非常乾淨，裝潢很有日本風味，只是四周都是拉門，並沒有任何窗戶可以看見外面。

紗千瞬間想起來了，這間和室似乎就是當年自己和母親見婆婆的大房間。

和室前方的拉門慢慢被拉開，前方有布幔圍起來，看不見婆婆的身影，只看得到在布幔旁邊跪坐的一位矮小老侍女。

老侍女看著紗千問：「妳是否就是三條幸來子的女兒？」

「是的，我就是。」紗千恭敬的回答，雖然紗千對於婆婆家沒有好感，但是基於禮節，紗千仍然不希望表現出失禮的態度。

「我是當家主的侍女以及三條氏宅邸的管家，稱呼我為「賀來婆婆」就好。」賀來婆婆眼光犀利的看向從二。「你是什麼人？和紗千是什麼關係？」

被賀來婆婆這樣瞪著，從二緊張的回答：「我、我是紗千的男朋友，這次陪紗千一起過來……」

「男朋友？」賀來婆婆的表情變得非常猙獰！語氣非常嚴肅：「如此曖昧不明的身分也想要和當家主見面？真是無禮至極……」

賀來婆婆尚未說完，布幔中傳來了一位老婦人的聲音：「賀來，不要再說了。」

「是！當家主大人。」賀來婆婆朝著布幔行禮，瞬間閉上了嘴巴。

紗千和從二隔著布幔，只能看到布幔中當家主大人的影子，似乎坐在布幔的正中間；憑著模糊的影子，紗千無法認出來布幔中的人是否是自己小時候喊的「婆婆」！畢竟從未見過面，紗千也搞不太清楚這位從未見過面的婆婆，到底找自己有什麼事情？

「是幸來子的女兒紗千嗎？」當家主大人的聲音非常有威嚴，似乎感受不到一絲絲的親切感。

「是的，婆婆。」紗千一樣畢恭畢敬的回答。

「以妳母親的身分，稱呼我為婆婆是可以的。」當家主大人緩緩的說著。「因為我年輕時就成為了當家主，所以妳母親並沒有經歷過「選擇當家主」的過程，但是妳母親也是受到了三條氏一族的血緣詛咒，因此身體才會如此虛弱，很年輕就過世了。」

「血緣詛咒？那是什麼意思？我以前也聽過母親這樣說，卻不知道是什麼原因。」紗千疑惑的問著。

當家主大人沒有馬上回答，房間內瞬間安靜了下來，一小段的沉默時間讓紗千和從二又再度互相對看了一眼，對於這樣的沉默似乎覺得很難熬；過了一會，當家主大人再度打破了沉默。

「在很久很久以前。」當家主大人的聲音非常沙啞，慢慢的訴說著三條氏的崛起。

三條氏的祖先是個會上山撿拾木柴拿到山下賣的農夫，因為長期收成不良只能靠著微薄的收入過日子，因為飽受貧窮之苦，又沒有子嗣，因此許多偷雞摸狗的骯髒事都幹過。

直到有一天，從遠方來了一位中年男子和一位年輕的女孩，似乎為了躲避戰亂而逃難到此，農夫就好心收留了兩人；兩人是父女關係，中年男子因為身上有傷又加上身體虛弱，過了一個月左右，就死在了農夫的家中。

旅人死前要求農夫要好好照顧自己的女兒，並且發誓無論女兒有什麼樣的變化，都不可以辜負她……

旅人埋葬在山後面的一塊空地，留下了女孩子和農夫兩人。

女孩子乖巧又溫順，幾年後長得非常漂亮，和農夫結婚過著平淡的日子；女孩陸續為農夫產下了三個孩子，最大的是個女孩子。

這樣幸福的日子，直到了女孩開始了變化的那一天……而這個變化讓農夫在驚恐之中，殺了自己的妻子。

「而詛咒，就是從那時開始的。」當家主大人的聲音，變得很低沉。「今天就到此為止，妳去休息，明天我再請妳過來。賀來，讓人帶他們去休息。」

「是的。」賀來婆婆恭敬的回答後，叫來老侍女帶著兩人離開。

＊

「啊！啊！一點也不好玩。」從二把行李放到了房間角落，躺在塌塌米上抱怨著。

「我還以為有什麼有趣的事情，結果布幔後的老太婆只說了一個不痛不癢的故事而已嘛！」

紗千沒有回應，只是把窗簾打開，房間的外面是一個偌大的庭園，夕陽照進了房間。

「紗千，妳說說看，到底那個旅人的女兒發生了什麼變化？為什麼你們三條家的祖先要殺了她？」從二臉上充滿著好奇的表情。

紗千搖搖頭，看著從二回答：「詳細的狀況我也不清楚，我曾聽母親說過，當年祖先靠著女兒的能力，從一個貧民變身成為富翁，最後獲得了貴族的青睞。只是……」紗千停頓了一下，眉頭深鎖著，臉上似乎充滿著苦惱。

「怎麼了？發生了什麼事嗎？」從二不解的問著。

「只是，母親說那種能力是種詛咒，就和婆婆剛剛說的一樣，似乎詛咒就是從那時候開始的。」

「我還是不知道，到底這次被叫過來是要做什麼啊？」從二似乎感覺無聊，翻個身側躺在榻榻米上，要不是紗千說有錢可以拿，來這邊根本是浪費時間！

無論結果如何，最後紗千都可以拿到一筆錢離開，條件是住一個月；一個月後紗千就可以拿著為數不少的錢離開。

到底是來做什麼的？紗千看著窗外的夕陽不發一語。

晚餐是老侍女端到兩人房間的，餐點雖然不豪華但是也不會太差勁；兩人看著電視上的節目，似乎對節目也沒有什麼興趣。

「明天問看看是不是可以出去玩吧？白天悶在這裡會瘋掉的……」從二吃完飯，似乎感覺非常的無趣。

「這是什麼晚餐！我才不要吃這種東西！」隔壁傳來了騷動的聲音。

從二轉過頭看著紗千，紗千對著從二搖搖頭。

「喔！我剛好很無聊，去看看好了。」從二站起身，似乎對於有餘興節目可以看而感到高興。

「開什麼玩笑！我要吃壽司！」女人憤怒的聲音說完後，傳來了摔破玻璃的聲音。

從二和紗千朝吵鬧聲的方向走去，發現了一位裝扮很華麗，也很漂亮的年輕女孩子，頭髮染成了前衛的金黃色；旁邊則有一位戴著眼鏡，畏縮的年輕女孩子，似乎對於現狀不知所措。

在走廊的對面也站了不少人，幾乎清一色都是女性。

金黃色長髮的漂亮女子盛氣凌人的指著一位侍女說：「妳給我聽好！我是婆婆本家的長孫女！我說要吃壽司就是要吃壽司！不要和我說今晚的餐點宅邸的廚師煮得多麼好吃！因為我——不——想——吃！我就是要吃壽司！」

「姐姐……就別再說了啦……」戴眼鏡的年輕女孩子害怕的說著。

「妳閉嘴！」金黃色長髮的女子對著眼鏡女罵完後，指著彎著腰的侍女說：「妳這下人可能不知道，當家主婆婆雖然沒有結婚、沒有子女，但是在她的本家中有一個妹妹！而那個妹妹的長孫女就是我——三條聖子！」聖子高傲的說著：「這一次婆婆叫我們來，就是要從我們之中選出下一任當家主！而我……」聖子用右手比出大拇指指著自己，臉上充滿著勝利者的表情。「就是最有可能的人選！」

「真的非常的抱歉，我們只能提供您當家主大人指定的餐點，要吃壽司真的沒有辦法……」侍女不停解釋著，這讓聖子的表情更加的難看！

「無禮！還敢頂嘴！」聖子舉起右手，惡狠狠的打了侍女一巴掌！侍女承受不了聖子的力道，往後方倒去撞在牆壁上！聖子似乎還不想停手，連續用手繼續打著侍女！

戴眼鏡的女孩子趕緊抓住聖子的手：「姐姐！不要再打了！」

「住嘴！無禮者就是要嚴厲的懲罰！」聖子推開眼鏡女，持續的打著侍女！

看不下去的紗千衝到聖子和被打的侍女中間，張開手阻止著：「住手！別再打了！」

聖子看到紗千擋在中間，手停在半空中。

聖子看著紗千冷冷的問：「妳想做什麼？」那種冷漠的眼神，似乎要將紗千給殺死一樣。

「住手！想吃壽司自己去買不就好了！為什麼要打人呢？」紗千絲毫不怕聖子的氣焰，直視著聖子的眼睛。

聖子看了看紗千，疑惑的問著：「我似乎沒看過妳？看妳的打扮也不是下人，是三條氏哪一家的女孩？」

「我母親是三條幸來子，我是她唯一的女兒。」

「三條幸來子？」聖子想了一下，突然鄙視的冷笑了幾聲。「我還以為是哪個顯赫分家的小姐呢！原來是最不受重視的三條幸來子的女兒啊！」聖子用極度鄙視的眼神看著紗千，嘲笑般的說著：「妳的母親啊！出身也還不錯，卻硬要選擇妳那一個窮酸的父親，嫁出去時也捨棄了三條氏的名字，所以嚴格說起來，妳也不是三條家的人嘛！只是個可悲的外人，憑什麼和我們說話？」

紗千義正詞嚴的說著：「不管我是不是三條家的人，都要阻止妳繼續打人！動手打人就是不對！」

「妳也是無禮者！」聖子舉起右手想打紗千……

「住手！」從圍觀的人群中傳來了聲音，賀來婆婆慢慢的走到了聖子的面前。「就算不是三條本家的人，但也是當家主大人請來的客人；聖子小姐，您要在當家主的家中毆打當家主請來的客人嗎？」

聖子輕蔑的說：「哼！妳也只是個管家罷了，不好好的教導下人禮貌，妳也有過失，難道妳就不怕我當上當家主後把妳掃地出門嗎？」

「這種話，等妳當上當家主後再說吧！」賀來婆婆瞪著聖子說：「難道妳連老身都要打嗎？就為了餐點不合口味？若是真要吃壽司，找老身就是了，又何苦為難下人？」

聖子看了看周圍，似乎將不少人都引出了房門，圍繞在走廊上看著聖子；真要是打了賀來婆婆，下任當家主的位置肯定會受影響！在這種狀況下還是算了吧！

「我沒胃口了！隨便妳們吧！」聖子轉身，準備要走回房間去。

「妳沒事吧？」紗千蹲下身，詢問著被打的侍女。

「嗚嗚嗚……真是太過分了……」被打的侍女邊哭邊低聲抱怨著。

「過分？」聖子停下腳步，轉過頭用斜眼瞪著被打的侍女。「妳這無禮者，似乎不懂我們三條氏的可怕啊……」聖子說完後，進到了房間。

戴眼鏡的女孩扶著侍女，輕聲問著：「妳沒事吧？真的很抱歉，我姐姐真的是太霸道了……」

賀來婆婆對著大家說：「造成各位的困擾真的非常抱歉，請各位回到房間，接下來的事情就交給老身吧！」侍女邊哭邊和賀來婆婆離開了。

圍觀的人也紛紛的回去房間，紗千和從二也決定走回房間去。

從二對著紗千說：「紗千，真的很抱歉，當時我一點辦法也沒有……」

「沒關係，反正那個叫聖子的女人也不是什麼好東西，不要和她有牽扯比較好。」

紗千皺著眉頭，接著嘆了口氣說：「反正那個侍女沒有繼續被打就好了，希望接下來的日子能夠平安無事就好……」

「那個……請等一下。」兩人後方傳來了聲音。

紗千和從二回過頭，發現是戴眼鏡的女孩子在後方叫住了兩人。

「有什麼事情嗎？」紗千好奇的問著。

紗千仔細的看了看眼鏡女孩，發現眼鏡女孩雖然戴著粗框眼鏡，但還是能夠清楚的看出眼鏡下有著清秀的臉蛋，拿下眼鏡一定也是位很漂亮的女孩子。

「那個，剛剛真的很謝謝您幫忙阻止我姐姐，我姐姐真的太過於霸道，請您不要生氣，真的很對不起您。」眼鏡女孩對著紗千鞠躬道歉。

「沒什麼啦！不用放在心上。」紗千露出笑容。

「我是三條富水，是聖子姐姐的堂妹，目前就讀大學，是個大學新生。」富水非常有禮貌的對紗千說。

「我是紗千，就像妳姐姐說的一樣，目前沒有用三條氏的名字，可以說是外人了吧！」紗千聳聳肩，對於這些三條家族的遠親，似乎沒有什麼感覺。

「請不要這樣說，血緣關係對我來說不重要，重要的是人與人之間的羈絆；就像在剛剛的情況下，能夠挺身而出的只有紗千小姐您，圍觀的人雖然和我一樣大多是姓三條，卻沒半個人站出來，所以我很欽佩紗千小姐您的正義感和勇氣。」

「正義感和勇氣？也沒什麼啦……富水小姐您太誇張了。」被富水這樣一誇，紗千變得很不好意思，瞬間對眼前的富水產生好感。

「時間不早了，真的很謝謝紗千小姐您，晚安！明天見！」富水禮貌的對著兩人鞠躬後，慢慢的離開了。

「從二，看來三條家還是有好人嘛！」紗千笑嘻嘻的說。

從二露出開玩笑般的笑容。「喔！我只知道，有人被誇獎，高興到要飛起來了。」瞬間一個肘擊！從二悶哼了一聲，扶著肚子和紗千回到了房間。

*

要成為當家主的條件有三。

一、維持住理性。

二、不能夠斷掉。

三、捨棄幸福。

＊

早晨的陽光將紗千照醒，耳邊似乎還留著當家主婆婆那沙啞的聲音。是夢嗎？成為當家主的條件？理性？不斷掉？捨棄幸福？就算是夢，那清楚的印象和內容卻讓紗千忘也忘不掉，也無法理解夢中的含意！

紗千坐起身看著旁邊呼呼大睡的從二，心中安心了許多，不管接下來會發生什麼樣的事情，從二應該都可以保護自己吧！

「紗千小姐、從二先生，三十分鐘後送來早餐可以嗎？」門外傳來了侍女的聲音。

「好，麻煩您了，謝謝。」紗千回答完後，推了推從二。「愛睡覺的小豬！快起來唷！」

「喔……再讓我睡五分鐘……」從二迷迷糊糊的說著。

紗千看從二這樣，忍不住笑了出來。「真是的！就愛賴床。」

「紗千小姐！紗千小姐！您起來了嗎？」門外傳來了富水著急的聲音。

紗千披了件外套站起身，打開紙門看到富水慌張的表情。

「怎麼了？大清早的就這樣慌張！」紗千疑惑的問著。

「昨晚那位被打的侍女……被打的侍女……」富水邊說邊發抖著。

「她怎麼了？」紗千看到富水這麼緊張，忍不住也緊張了起來。「富水小姐妳慢慢說，她怎麼了嗎？」

「她、她。」富水緊張的說話吞吞吐吐。「她一早被發現在侍女的房間內，死掉了！」

「咦？」紗千腦中一片空白。

*

侍女昨晚臉上被打的傷已經被發紫的臉色給蓋過，變得不太清楚；眼睛上吊露出來的眼白充滿血絲，血絲大半都已破裂，所以眼白部份變成血紅色；從眼睛、鼻子、耳朵和嘴巴流出來的血，順著吐出來的舌頭染紅了床單和地上；從血液已經凝固這一點來看，侍女應該是在深夜窒息而死的。

脖子上還留著被勒緊的痕跡，力道之大似乎連頸椎都斷裂成數截……

死狀悽慘的模樣，似乎預告著接下來的日子，充滿著死亡的氣息。

長頸女妖（下）

「真的是詛咒嗎？」從二有些擔心的問著。

紗千搖搖頭，坐在房間角落；比起慌張的富水，紗千受到的打擊也不小，昨天自己挺身而出保護的人，怎麼會一轉眼就死了呢？富水和紗千兩人都沒有親眼看到屍體，不曉得侍女的死狀有多悽慘。但從其他侍女的口中得知那樣的死狀，絕對不可能用單純的「自殺」就可以解釋。

死者是四十九歲獨自撫養四個兒女的寡婦，最大的兒子即將畢業前往一流的企業就業，這表示快要可以擺脫當侍女的命運，和兒女們過上幸福的日子。

這時候自殺？紗千直覺這和三條氏家族的勢力有關！三條家族身世顯赫，任何一個當議員或是官員的三條家族人士只要一通電話，就算是殺人也可以草草結案。

「啪啪」門外傳來了輕拍紙門的聲音，讓紗千和從二嚇了一跳。

「紗千小姐在嗎？我是富水。」門外傳來了富水的聲音，讓紗千和從二鬆了一口氣。

紗千開口說著：「進來吧！」

富水拉開紙門，富水的旁邊還站著一位頭髮很直的長髮女孩子；兩人一起進來紗千的房間，坐在紗千的面前；紗千也趕緊坐正，只有從二在旁邊靠著牆壁，盤腿看向三人。

「富水，怎麼了嗎？」紗千看向富水，同時也看了長髮女孩子一眼。「這位是？」

長髮女孩子先行禮，開口說著：「真的是失禮了，我是三條夕依，是這一次婆婆請來的『當家主候選人』之一。」夕依的聲音既輕柔又帶有一種沙啞的磁性，非常的好聽。

「『當家主候選人』……就像聖子說的那樣，真的是來選下任當家主的嗎？」紗千有點不以為然，直覺和自己沒有什麼關係。「那麼，找我有什麼事情呢？」

夕依看著紗千，露出了一抹笑容：「雖然紗千小姐沒用三條家族的姓氏，但是血液中流著『受詛咒』的血，卻是無法抹滅的事實。」

紗千有點心煩氣躁的說著：「詛咒只是迷信，根本沒有什麼詛咒；應該說那位被殺死的侍女，根本不是自殺，是有人蓄意殺人！啊！真是抱歉。」紗千說完後，發現自己太過失禮，趕緊道歉。

夕依搖搖頭，似乎不太介意紗千的反應：「妳知道三條氏祖先故事後面的內容嗎？」

「咦？這個我就不知道了。」紗千聽到的都是故事前面，詳細狀況並不清楚。

夕依和富水互相看了一眼，三人陷入了沉默；夕依面無表情的低下頭，似乎想著要怎麼和紗千解釋，富水則是緊緊的抓著自己的裙擺，看起來像是要一鼓作氣的說出來。

富水看著紗千問：「『轆轤首』這個名詞，紗千小姐有聽過嗎？」

「『轆轤首』？」紗千一臉迷惘的樣子。

「果然不知道。」夕依嘆了一口氣說：「就是俗稱『長頸女妖』的日本妖怪，脖子會變得很長的那一種。」

「所以呢？」紗千仍然一頭霧水。

「所謂的詛咒……就是『轆轤首』的詛咒。」夕依緩緩的說著。

三條氏祖先目睹自己的妻子在深夜化做長頸女妖後，因為在極度害怕之下，拿利刃劃向妻子長長的脖子！妻子的頭像是斷了線的風箏，長長的脖子慢慢地恢復了原樣，臉部卻極度的扭曲，最後就死了。

三條氏祖先恢復理智後才恍然大悟！為何妻子都會知道哪個地方什麼東西最好賣，能用什麼樣的優惠價格賣出去……原來這是一種特殊能力！後悔莫及的三條氏祖先將妻子埋葬後，繼續經營著生意。

幾年後，長女也出落得婷婷玉立，三條氏祖先發現長女也擁有化為「轆轤首」的能力！次女卻成為了飛頭蠻，死於非命。

三條氏祖先靠著長女的特殊能力，在當時成為舉國聞名的富商，而朝廷也看上了三條氏祖先的能力，封他為武士，之後更成為大官，賜姓為「三條」，過著榮華富貴的日子。最小的兒子並沒有特殊的能力，很普通的過了一生。

從長女開始，之後的女性後代有一部分會遺傳「轆轤首」的能力，但其中只有成為當家主的那一人可以長壽，其餘無法當上當家主的女性不是身體虛弱短命，不然就是在睡夢中死於非命。

「這只是迷信對吧？」紗千不以為意的說著：「如果是真的，那三條家的女性不就多半是長頸女妖了嗎？至少我母親就不是。」

「誰說不是呢？」夕依冷冷的說著。

「妳說什麼？」紗千有些震驚。

夕依看著紗千，平靜的說著：「家母還在世時，常常提起她和幸來子阿姨的事情；她們兩人在成長過程中都不受本家婆婆的重視，一直以來都是由分家的人來撫養；也因為這樣家母和幸來子阿姨從小一起長大，是很要好的朋友。」

紗千腦海中浮現出母親和自己說過的事。

「紗千，媽媽小的時候也有很要好的朋友唷！雖然只是互相稱為姊妹，不過現在想想那種友好的關係，可能比起有血緣的還要好吧？可以說是心靈互通的羈絆唷！佐戶妹妹一直都很溫柔呢！」

「幸來子（SARAKO）和佐戶（SATO）都是「SA」的發音，所以妳如果未來看到佐戶阿姨，記得要替我向她問好喔！」

就只有那麼一次，紗千卻還記得母親提起的那位佐戶阿姨。

紗千有些驚訝的問著：「莫非……是佐戶阿姨？」

夕依點點頭：「那是家母的名字，家母也在幾年前病逝了。」

「就算如此，也不能證明詛咒的存在，也無法證明我的母親是長頸女妖！」想到已經逝世的母親不僅被這些三條氏家族的人嘲笑，現在還被說成是妖怪！紗千有些氣憤。

「紗千小姐您冷靜點。」富水緊張的說著。「您的母親當然沒有『轆轤首』的能力，她在很早以前就被婆婆給封印住了。」

「封印？」紗千又被搞迷糊了。

富水慢慢的說著：「自從三條氏家族的某一代當家主發現了『轆轤首』的能力可以封印，三條氏家族的其他女性就不會再變成『轆轤首』了。但是後果就是身體會異常的虛弱，所以三條氏家族的女性通常都是死於體弱多病。」

「都太牽強！這點我不會承認！」紗千站起身，非常生氣的說著：「我已經累了！請妳們離開房間吧！」

富水和夕依站起身，富水小聲的說著：「紗千，真的很對不起唷！」說完就拉開了紙門。

「一、維持住理性。」夕依小聲的說著。

紗千轉過頭看著夕依說：「妳、妳從哪裡聽說的？」這不是自己的夢境嗎？

「二、不能夠斷掉。」夕依邊說，邊冷靜的看著紗千。

「三、捨棄幸福。」夕依說完後，轉過身離開了房間。

夕依在門外依舊看著紗千：「妳以為那只是單純的夢境嗎？那是婆婆用能力告訴我們，無論誰當上當家主，對我們都是一種詛咒；捨棄了幸福，人生還有什麼希望呢？」

夕依和富水關上了拉門，離開了紗千房間。

紗千趴在從二的大腿上哭泣著。

「好了、好了，不喜歡我們就走吧！」從二安慰著紗千。「妳就不要哭了，妳有聽過嗎？有一種催眠心理學會利用一些暗示或是一些機關，讓人們被集體催眠；我覺得妳會作那種夢，就是因為被人催眠的緣故。」

「真的是這樣嗎？」紗千抬起頭，雙眼哭到有些腫起來了。

從二認真的點點頭。「妳想想看，妳那個當家主婆婆那種神祕兮兮的態度，又有布幔和各種的擺飾，是不是都有可能是精心設計的？」

「這麼做到底是為了什麼？」紗千一臉迷糊。

「或許是為了當家主的位置吧？」從二也只能朝財產爭奪來想。「三條家的勢力那麼大，財產又那麼雄厚，任誰都會動心吧？」

電視上剛好在播新聞，國會上一位三條氏家族的國會議員正激烈的演講著，臺下爆出一片掌聲……

如果成為了當家主，就不會再讓人瞧不起，也不用再過不知道下一餐在哪的貧困生活了吧……

外面又傳來了激烈的吵雜聲！似乎還伴隨著尖叫和哭泣聲……

「怎麼了？」從二站起身，想要衝出去看，卻被紗千一把抓住手臂！從二轉過頭，發現紗千淚眼汪汪的注視著自己。

「不要去……我怕。」紗千搖搖頭，似乎很害怕。

從二轉過身蹲了下來，溫柔的抱著紗千。

「不要怕，我們一起去看看發生什麼事情了。」

＊

「呀！」富水倒在地上，被聖子粗暴的打著！

富水邊尖叫，邊對聖子大喊：「姐姐！再怎麼任性，殺人就是不對！姐姐快點醒悟吧！」

聖子聽到富水這樣說，似乎更加的火大：「妳還說！根本就不是我做的！是那個下女自己自殺的，別胡說八道！」

聖子因為火氣大，打起富水更是一點也不留情！

「住手！」紗千邊喊，邊跑到富水身邊對著聖子大吼：「就算不是妳做的，妳也不用這麼用力的打富水！快停止妳的暴力行為！」

「哼！這是我們三條家族的事情，和妳這個外人無關！」聖子說完，還想要動手卻被人阻止！

聖子回過頭，發現抓住自己的是賀來婆婆！

賀來婆婆態度非常的嚴厲：「這裡還輪不到聖子小姐妳做主！當家主知道妳動手打人的事情，要老身我親自問清楚。」賀來婆婆放開了聖子的手，對著聖子繼續說道：「聖子小姐，就勞煩您和老身我來一趟了。」

「嘖！」聖子一臉不高興的和賀來婆婆一起離開，臨走前還惡狠狠的瞪了富水一眼。

富水只是無力的跪坐在地上，不停的哭泣著。

「沒事吧？站得起來嗎？」紗千問著哭泣的富水。

夕依也走到了富水旁邊蹲下來扶著富水：「先起來吧！看看有沒有受傷。」

「嗚嗚……真不希望姐姐再繼續糊塗下去……」富水一把鼻涕一把眼淚的說著。「就算有『轆轤首』的能力，也不可以這樣隨意殺人，嗚嗚……」

「富水就交給我吧！」夕依對紗千說著：「我帶富水去擦點藥水，紗千妳和妳的男朋友就先回房去吧！免得節外生枝。」

「嗯！」紗千點點頭，看著富水在夕依的陪伴下，走進夕依的房間。

兩人回到房間內互相看著，似乎都覺得剛剛的事情很奇怪；過沒多久，侍女送來了兩人的晚餐，和這幾天吃的和食並沒有什麼太大的差異。

「總覺得，有錢人家吃的也不是很好呢！」從二吃著和食中的炸天婦羅，似乎對於味道不太滿意。

「或許是因為這些料理都是由宅邸內的廚師負責的吧？總感覺味道很普通。」紗千喝了一口味噌湯，放下碗說著：「總感覺受夠了，好想念松屋的味道，那種自由自在的味道才是最好的。」

「我懂。」從二點點頭。「用自己努力賺的錢買來的牛燒肉飯，雖然味道並沒有高級料理好，但是自由這個味道，卻是這些和食餐點所表達不出來的。」

「明天、明天我們就走好嗎？」紗千抬起頭問著從二。

「好的，我會好好保護妳，一起回我們那個家吧！」

從二將紗千緊緊的抱在懷中，那筆錢就不要了吧……

當晚紗千輾轉難眠，好不容易熬到了早上，兩人安安靜靜的收拾著行李，打算在早餐前離去。

一陣尖叫聲劃破了寧靜的早晨！

「救命啊！有人死了啊！」外面傳來喧鬧的聲音。

紗千和從二走到了喧鬧的地方，紗千看了一眼就躲在從二的懷中！那樣的畫面簡直慘不忍睹！

是這次一起來的三條氏家族的中年婦女，頭被狠狠轉了一百八十度，身體趴在棉被上，頭卻望著天花板，臉部極度扭曲的死在自己房間……

＊

「我不要！我不要被長頸女妖殺死！」

紗千回到了房間，有些歇斯底里，畢竟這一次是親眼看到死狀悽慘的屍體，紗千雙手緊緊的抱著自己的身體跪坐在地上，兩眼露出恐懼望著牆壁，身體不停的發抖著。

「冷靜一點……」從二想要緩和紗千的情緒，伸出手放在紗千肩膀上……

「呀——不要碰我！」紗千大聲叫著，用力甩開從二的手！邊叫邊躲到牆壁。「我不要！我不要被長頸女妖殺掉！」

從二非常瞭解紗千的恐懼，奇怪的古老謠言再加上不知道藏了多少祕密的古老宅邸，讓人瘋狂的財產……就算沒有妖怪，為了龐大的財產，這時候的人類，遠比妖怪還要可怕。

無論是妖怪還是人類，都有可能將紗千活活生吞！

「冷靜點，還不確定是妖怪所為，很有可能是人為的謀殺……」還想繼續安慰紗千的從二，發現紗千一點也聽不進去。

從二看了看窗外，這兩天連續死了兩個人，就算是想要將消息壓下去的三條氏家族也很難辦到吧……宅邸的大門已經被警察包圍，這下想要離開也很困難了。

原先警察想要裝監視器，或是將宅邸內的人一個一個帶去局內偵訊，三條氏家族卻施加強大的壓力，結果還得等到若是可能再一次發生命案，警察才能強行介入將所有人帶到局內。

紗千已經不想要什麼金錢補助，更不要什麼當家主的頭銜，現在的紗千只想要離開這個宅邸！

從二走到紗千身邊，輕聲說著：「不要怕，我一直都在妳身邊。」

紗千抬頭看了一眼從二，眼眶又開始泛紅，抱著從二哭泣……

夜深了，從二看著已經熟睡的紗千，深深的嘆了一口氣。

紗千一直都是很獨立的女子，很有主見和膽識，現在讓紗千無法冷靜的原因，恐怕是極大的壓力和恐懼吧？下午紗千哭鬧之後，情緒也慢慢的穩定下來，吃過晚飯後很快就入睡了。

像隻極度害怕的動物！從二看著紗千熟睡的臉龐，想起了那種很容易受到驚嚇的小動物，像是吉娃娃或倉鼠，一想到這裡從二忍不住笑了出來；那麼有主見又愛逞強的紗千，會符合那種小動物的形象嗎？

從二看著紗千熟睡的表情，似乎睡得比較安穩了！自己從白天就緊繃著的情緒，現在也慢慢舒緩……外面一堆警察，再白目的兇手也不至於敢再蠢蠢欲動了吧？這幾天發生的事情，從二一點也不覺得和妖怪有關係，他認為是人為的蓄意謀殺。

警察也在三條家允許的範圍內，在公共區域大門或是大廳等地方裝上了監視器，在命案發生的客房走廊也同樣裝上了高敏感的夜間監視器，由警察二十四小時監視著。

等偵查完，確定從二和紗千是無辜的，或許就可以回家了吧？

＊

深夜時，周圍幾乎沒有半點聲音，呈現出完全寂靜的狀態，該有的蟲鳴鳥叫聲或是風聲、樹枝聲等大自然的聲音，一點也聽不到；是這棟老建築的關係嗎？連冷氣或是電風扇的聲音，也不存在。

在完全寂靜中，從二似乎聽到了奇怪的音頻；那是一種像是耳鳴的聲音，直接傳到了從二的耳中。

從二被這種音頻影響到無法入眠，猛然睜開眼睛，以側睡的姿勢看向了紗千。躺在從二旁邊的紗千，似乎睡得很熟，並沒有什麼異狀。

從二鬆了一口氣，翻個身看向了天花板。

一瞬間，從二愣住了。

有一條長長的物體，正飄浮在半空中像是發光的白色巨蛇，緩慢的蠕動著……

「嗚！……」從二想發出叫聲，卻在下一秒鐘被那條長長的白蛇物體給纏繞住脖子，無法叫出聲音；從二被這個力氣很大的白蛇物體，硬是帶離了地面，飄浮在離地好幾公分的地方！

無法呼吸的從二臉色慢慢鐵青，雙手在半空中不斷的揮舞著！

從二看向紗千，似乎紗千並沒有發覺。

「住手……快點住手……」極度缺氧的從二，眼睛慢慢的上吊露出了眼白的部份，舌頭也因為痛苦而伸得長長的；從二想要向紗千求救，卻一點辦法也沒有。

從二雙手一攤，身體似乎也軟了下來……

「放開他！」紗千咆哮了一聲！拿出放在包包內的水果刀用力刺向白蛇物體！

「嘶嘶……」被刺中的白蛇物體像是發出了悲鳴聲，快速的在房間內到處亂竄著！

紗千趕緊跑向從二，蹲下身將他抱起。「從二！你醒醒！不是答應要和我一起回去的嗎？快醒來！」紗千一邊說，眼淚一邊滴到了從二的臉上。

「別哭……」從二張開了眼睛，對著紗千說：「要不是被妳發現，恐怕再晚個幾秒鐘我就真的起不來了。嘿嘿……」從二露出了苦笑。

白蛇物體像是回復了思緒，重新鎖定目標，猛然對著紗千的背部衝過來！

「小心！」從二推開了紗千，自己拿起了大棉被，將衝來的白蛇物體用力蓋住！白蛇物體像是在掙扎一樣，企圖衝撞出來！

「快點！我制伏住牠了！快點解決牠！」從二大聲喊著！

紗千看了看周圍，發現還在白蛇身上的水果刀！用力拔出了水果刀後，看向了從二的方向！

「砍斷牠的頭！快一點！」從二叫著。

「嗚……」害怕的情緒湧向紗千，讓紗千一瞬間不敢出手。

「我快壓不住牠了！快一點！」

「呀！」紗千鼓起勇氣，衝到了從二的旁邊，奮力的用水果刀砍下！

砍斷的瞬間，就像是切斷了空的水管一樣，白蛇物體發出了「噗咻……」的聲音。

「發生什麼事了？」因為兩人的叫喊，門外傳來了許多人的聲音，接著門被警察打開，一堆人衝進來打開了燈。

「是蛇！我發現是蛇在殺人！」從二壓在棉被上，對大家說：「我們剛剛砍斷了牠的頭，牠的頭應該還在棉被裡！」

「蛇？」一位警察走進房間四處看，搖搖頭說著：「可是我沒看到有東西啊！」

「咦？」紗千這時候也才發現，砍斷蛇的水果刀，上面並沒有任何血跡或是液體，只像是用力的插在榻榻米上。

「怎麼可能！」從二翻開了大棉被，裡面空無一物。

警察和許多人進來查看，都沒有發現任何奇怪的東西。

「只是做夢吧？別再嚇人了！」警察嘟噥了幾句。「沒事了，大家回去睡覺吧！」

「呀——快來人啊！」不遠處的房間傳來了侍女的尖叫聲……

警察和眾人瞬間衝出房間，從二和紗千互看了一眼，跟著大家衝出了房間。

是三條富水，臉部極度扭曲的躺在自己床上；頸部的脊椎似乎已經斷掉，雖然從外觀看不出任何傷痕，但是在救護人員抬出她的屍體時，可以發現她的頭已經沒有頸椎在支撐，呈現出很不自然的扭曲……

死因並非是他殺，而是心臟麻痺。

＊

之後又過了好幾天，再也沒有任何的人傳出不幸；紗千拜見了婆婆，被婆婆用奇怪的枝葉在額頭上滴了一滴水。

「好了嗎？應該可以回去了吧？」從二因為從賀來婆婆那邊拿到了為數不少的費用，似乎心情非常的好。

「嗯！我們回去吧！」紗千點點頭，這次的事件應該已經落幕了。

「紗千。」紗千的背後傳來了夕依的聲音。

「夕依？」紗千轉過身，對著夕依微笑。「已經結束了，我和從二要回去了。」夕依看著紗千，也露出了微笑。「婆婆已經幫妳做過封印儀式了，未來就去追尋自己的幸福吧！」接著夕依看向了從二說著：「富水那傢伙想要對你出手，根本就是自不量力。」

「富水？她不是死了嗎？」從二一頭霧水的問著。

「一開始的侍女，就是富水下的毒手，為的就是要讓看不起自己的聖子失去下任當家主的資格。」夕依看向紗千繼續說著：「接著她又殺了另一位有繼承資格的阿姨，好讓自己的繼承人身分更加明確；最後打算對紗千妳的男朋友動手，讓妳被懷疑後，她就可以更確定自己的繼承資格了。」

紗千聽夕依說完，全身因為害怕而開始發抖。

「不要再說了，都結束了。」從二從紗千身後抱著紗千，想要讓紗千的情緒平復下來。

夕依露出了笑容：「從二先生，給你看也沒關係。」夕依說完後，伸出漂亮的右手食指點了一下從二的眉心……

在迷濛的意識之中，從二看到了慌張的富水拖著受傷的長脖子，想要飛回自己的房間；在轉角處突然飛出了另一個長頸女妖，用力的將富水的頭部纏住後，使勁的扭緊！過沒幾秒鐘，富水的頭部就像是被壓爛了一樣，消失在空氣之中。

那個絞殺富水頭部的長頸女妖，露出了和夕依一樣的笑容……

「哇啊啊啊——」從二害怕的大叫一聲，看著眼前的夕依。

夕依的笑容仍然很迷人：「她『斷掉了』，再加上用這種能力殺人是不被允許的，所以我很自然的就解決她嘍！」夕依說完後，看著從二和紗千。「以後就不會再見面了吧？我會以下一任當家主的候補身分，給你們一筆錢的；不過條件就是，未來絕不可以將這裡的事情說出口，不然的話……」夕依一瞬間露出了冷漠的笑容，離開了紗千和從二的房間。

「別了，這輩子都不要再見面了吧！」夕依說完這句話後，正式的離開了兩人的視線範圍。

＊

紗千和從二緊緊的握著彼此的手，離開了這間被詛咒的大宅邸。

「一、維持住理性。」

「二、不能夠斷掉。」

「三、捨棄幸福。」

「無法捨棄幸福，讓紗千妳失去了下任當家主的寶座；當時的妳應該讓從二被殺死，讓妳自己的血液覺醒的呀！」夕依在窗前，看著兩人離去的背影。

夕依的笑容，隨著長長的脖子，在房間內扭動著……

長頸女解說

「轆轤首」是日本妖怪，有脖子會和頭分離以及脖子會伸長兩種類型，是常常在日本古典怪談中出現的妖怪題材。

外表看來和普通人沒有什麼分別，特徵是脖子可以伸縮自如，與井邊打水時控制汲水吊桶的轆轤把，性質上頗為相似，故稱之為「轆轤首」。

也有一說是靈魂從肉體分離的「離魂病」。《曾呂利物語》中以「女人沉迷於妄念中」為題材，描述睡眠中女子的靈魂從脖子中飛出的故事；在《諸國百物語》中也寫到女人的靈魂飛出身體，最後因為自責而用長髮自盡的故事。

橘春暉在江戶時代《北窗瑣談》也提出類似的病狀解釋。寬政元年在越前國（現今的福井縣），有一位婦女在睡夢中脖子和頭會自行轉動，並不是分離，而是靈魂在離開身體時的一種症狀；《古今百物語評判》一書中以「絕岸和尚在肥後地區見到了轆轤首」為題材，描寫到婦女的頭在半空中飛舞，隔天雖恢復正常，脖子周圍卻爆出了許多青筋；《中陵漫錄》書中紀載了在吉野山的深山中有「轆轤首村」，那邊的居民從孩童時期就刻意用脖子上的飾品，讓脖子增長。

在松浦靜山的《甲子夜話續篇》中，描寫到常陸國有位女子患了絕症，丈夫聽從商人的建議吃了白犬的肝當特效藥；女子吃了身體雖然好轉，但卻生了一個轆轤首的女兒。某一日女兒的頭分離時，卻不知道從哪裡出現了一隻白犬，將飛在空中的頭給咬爛的故事。

雖然也有男子長頸妖的故事，但是比較少見。

江戶時代的百科事典《和漢三才圖會》指出，長頸妖的原型和「飛頭蠻」十分類似。江戶時代《武野俗談》、《閑田耕筆》、《夜窗鬼談》等文獻中也曾出現長頸女妖。江戶後期大眾作家——十返舍一九所著作的《列國怪談聞書帖》也以長頸女妖為題材。

直到明治時代還有著長頸女妖的傳聞。明治初期在大阪府茨木市柴屋町有一對從商的夫婦，因為女兒患有長頸女妖的症狀，四處求神問卜卻一點辦法也沒有，最後只好舉家遷離,從此下落不明。

心靈研究學者指出這是一種靈體出竅,並實體化的現象,以解離症或是夢遊等症狀來解釋;一直到了一八一〇年都還有聽過類似的傳聞,到底是病狀,還是妖怪傳聞?只能等待學者專家來解釋了。

稻荷大人（上）

「你也不看看自己的樣子，這樣的宅男還想要靠近我嗎？」

「對不起，我對你沒有感覺……突然這樣對我說，我很困擾。」

「別再靠近我了，滾開。」

田中是個宅男，還是個不受歡迎的動漫宅男。

前幾年拜「電車男」這部小說、電影和電視劇所賜，社會大眾對御宅族文化有稍微的認識，但是要成為文化主流並非那麼的容易；次文化畢竟是次文化，這個社會還是只接受主流文化的存在。

外表光鮮亮麗的偶像團體及美女團體歌手，一切向錢看的背景思想，讓田中這個動漫宅男的交友圈更加縮小；身邊幾乎沒有異性朋友，只有幾個和自己比較熟的動漫圈友人，在有動漫活動的時候一起出去遊玩。

這是第幾次被喜歡的女生給嫌棄了？只不過想要向對方告白或是再接近一點，就這樣的被侮辱，這真的是宅男的宿命嗎？

打工結束後，田中一個人走在街上。

在便利商店打工的田中，對新進員工美優有些心動；美優才十八歲，剛進入大學充滿著朝氣，活潑又外向的個性深受大家的喜歡，最重要的是，美優並不嫌棄田中這個御宅族，偶爾會和田中討論新的動畫內容；再加上美優會在和田中交接或一起上班時，和田中一起聊天，田中才會越來越喜歡美優。

只是，田中的夢很快就碎了。美優不知道從什麼時候開始，喜歡和班上的男孩子一起唱歌、遊玩，打工時也在傳訊息，似乎並沒有把田中的事情放在心上。

「吶！美優啊！」田中對著傳訊息的美優說：「上班不能傳訊息喔……我和妳說唷！最近推出的動畫真的很有趣，尤其是我喜歡的京阿尼要出第二季了，真的很令人期待……」

「那個，田中前輩。」美優收起手機，帶點困惑的笑容說著：「人總要學著長大唷！看動漫什麼的，那是小孩子的事情。」

「妳這樣說不對唷！」田中有些心急的解釋著。「現在的動畫已經不是為了小孩子而繪製的，有許多是為了大人所畫的，所以妳這樣說很失禮……」

美優沒有回應田中的話，之後打工的日子，美優完全將田中看作透明人，問話不回應，也不打招呼。

這樣的狀況，讓田中非常的痛苦。

誰叫自己是宅男呢？

「唉！到底又為什麼會變成這樣呢？」田中實在想不明白，喜歡動漫有什麼錯？不喜歡五光十色的偶像明星又有什麼錯？對於流行歌曲沒興趣又有什麼錯？

大夜班下班的時間已經是早上了，回去看看動畫後就睡了吧！田中邊想邊走到了速食店，想要買點速食店的早餐回去吃；買完後的田中一心只想回家，看了平時走的大馬路一眼後，決定走另一條捷徑。

早上的空氣還算是清新，田中卻因為心情沉重，對於這一切並沒有什麼樣的感覺；這一條捷徑比較偏僻且靠近山邊，若是晚上下班田中並不會想走這條，今天因為歸心似箭，夏日白天也來得早，讓田中不自覺的走向這條小路。

突然出現一陣霧，讓田中放慢了速度。

「怎麼搞的，怎麼突然出現那麼多霧？」田中第一次看到這樣的大霧，感覺有點驚訝。

田中往山坡看去，發現有一座很漂亮的鳥居，鳥居上寫著「見桔稻荷神社」。

稻荷神？不就是掌管穀物和食物豐收的神明嗎？田中想著如果沒記錯的話，應該是用狐狸代替石獅子當作神社的使者；田中慢慢接近神社的階梯入口，突然感到一陣迷惘。

自古以來都有祭拜狐仙會增長異性緣的傳聞吧？

田中吞嚥了一口自己的唾液，似乎有一股衝動想要上去祭拜看看；想要增進異性緣的田中，慢慢的順著階梯走向位於半山腰的鳥居。

沒有花費幾分鐘，田中就走到了神社鳥居的入口，入口石雕果然是用狐狸來代替石獅子；和伏見稻荷大社的千本鳥居不同，並沒有那樣壯觀的場景，只有乾淨、整潔的小型神社和漂亮的庭園；雖然看起來並不是那麼的起眼，田中還是走到了神社的小型手水舍前，將手洗淨並喝了一口水。

水質似乎很好！讓田中的精神為之一振。田中走到了賽錢箱的前面，投了一個五百圓的硬幣，拉了拉鈴鐺後，雙手合十虔誠的祈禱著。

「稻荷神明大人啊！如果您真的有聽到，請保佑我獲得異性緣吧……」

「我說你啊！是不是搞錯了什麼啊？」田中的身後突然傳來了男性的聲音。

田中嚇了一跳！回過頭去發現一位穿著神官衣服的男子；在神社內碰見神職人員並不奇怪，但是這位神官卻戴著一個白狐面具。

「你是誰？是這個神社的神官嗎？」田中訝異的問著。

「我說你啊！真的是什麼都搞不清楚耶！」男子雙手插在胸前說著。「現在並沒有神官這樣的稱呼了，現在都稱呼為神主……嘛，雖然在以前確實是官位啦！以前這邊的神社官還擔任過『從六位神社大佑』……」男子似乎沒有直接回應田中，只是自顧自的碎碎唸。

田中實在聽不太懂這位神主在說什麼，但還是呆愣在那邊看著男子自顧自的講一些聽不懂的話。

男子看了看田中，似乎也很困擾的嘆了一口氣。

「欸！我是這個『見桔稻荷神社』的現任神主，叫我『家光神主』就可以了。」眼前戴著白狐面具的男子似乎真的是神主。

「原來真的是神主大人！我真的是失禮了。」田中趕緊道歉。「我是田中，請多多指教。只是……神主大人為什麼戴著白狐面具？」田中疑惑的問著。

「白狐是稻荷大人的使者啊！可千萬不要把白狐和一般的野妖狐相提並論唷！」神主自顧自的解說著。

「我是想問為什麼要戴著白狐面具……」田中不解的問著。

「欸！你真的什麼都不懂啊！」神主右手扶著白狐面具的下巴，似乎透過面具上下打量著田中。「稻荷大人的使者既然是白狐，神主當然要戴著白狐面具啊！」神主頓了頓，繼續說著：「來找掌管五穀豐收的稻荷農業大神祈求增長異性緣的你，真的很奇怪啊！」

「真對不起……」田中羞愧的無地自容，竟然將稻荷神的白狐使者當作狐仙祈求增長異性緣，仔細想想真的錯得太離譜了。

「也不用道歉啦！」神主繼續打量著田中，接著又自顧自的說著：「好吧！來交易好了！」

「交易？」田中完全摸不著頭緒。

「你等我一下唷！」神主轉過身去，走進了神社，過了幾分鐘後從神社中拿了一小包的東西出來。

神主對著田中說：「過來吧！這個給你。」

田中走到了神主面前，神主將那一小包東西放到了田中的手上；田中打開小布袋，發現裡面是炒好的豆子。

「這個是炒豆子？」田中看著小布袋中的炒豆子，完全不曉得神主到底為什麼會拿炒豆子給他。

「這是祭拜過神社的炒豆子，裡面有白狐使者的魔力在，只要吃一顆，短時間內就會大幅提升異性緣，讓對方不得不感受到你的魅力。」

「咦？真的嗎？不會是騙人的吧？」田中看著眼前的神主，實在很難相信戴著白狐面具的人說的話。

神主回答著：「是不是真的你自己體會，你可以先拿去試看看。」

「這樣啊……」田中看著手上的炒豆子，還是半信半疑。

「不過不是免費的唷！我剛剛說了是交易了嘛！」

「要錢嗎？」田中心一沉，難道在神社也會碰到詐騙集團？

神主伸出右手食指搖晃著：「嘖嘖嘖！我才不要你的錢咧！我要的是稻荷壽司。」

「稻荷壽司？就是那個料理店的豆皮壽司嗎？」田中好奇的問著。

「誒！你真的什麼都不懂啊！」神主透過白狐面具，似乎又很困擾的樣子。「你既然拿了擁有白狐使者魔力的炒豆子，相對的也應該要拿白狐使者喜歡的食物來換嘛！一個擁有魔力的炒豆子換十個稻荷壽司，我想也不為過吧？」

「一粒炒豆子換十個稻荷壽司？」田中想了想，雖然稻荷壽司並不貴，可是總是感覺這樣的交易好像很吃虧，也沒什麼真實感。

「總之你就試試看嘍！如果覺得沒有效果還給我也可以！不過啊……」神主似乎很嚴肅的說著：「必須要遵守條件。」

「條件？」田中腦海中想到了捐獻大量現金之類的……

「你這傢伙，不要什麼都想到錢可以嗎？」神主似乎看穿了田中的想法。怎麼會知道自己在想什麼？田中的心中閃過一絲絲的恐懼。

神主繼續說著：「記住我說的話！一、一粒炒豆子換十個稻荷壽司。二、這個豆子只對你本人有效果，對於其他人並沒有特別魔力只是個普通的炒豆子。三、絕不可以用這個魔力亂搞男女關係。就是以上三個條件，還有這件事情絕對不可以透露出去啊！你明白了嗎？」

田中點點頭，似乎還是不太相信的樣子。

田中看著炒豆子，突然問著神主：「請問，為什麼是炒豆子？」

「方便攜帶啊！」神主又從身上拿出了另一個小布袋。「還是說，你想要換成炸蟋蟀之類的？效果和炒豆子一樣，而且很美味唷……」

「不！不用了！還是炒豆子就好！」田中趕緊拒絕。

「每個星期的這個時間，等你帶稻荷壽司來啊！」神主笑了幾聲後繼續說著：「記住我說的話啊！另外千萬不可以跟任何人說唷……」

一轉眼，神主便失去了蹤影，白霧也慢慢散去；田中赫然發現，自己就在神社外的階梯上，彷彿剛剛發生的事情都是夢。

「咦？」田中檢查了自己身上的財物，似乎並沒有損失，而且那包炒豆子真的在自己的手上。

如果是真的，一顆擁有魔力的豆子只要十個稻荷壽司，那真的很便宜；如果沒有效果，那也沒關係，反正也沒有損失！

所以，到底該怎麼用呢？田中邊走邊想，仍然想不出個好辦法。

＊

隔天又輪到美優和田中一起上班。

上班時，美優還是自顧自的滑著手機。

「美優，上班的時間不可以玩手機……被店長發現，店長會生氣的。」田中好意的提醒。

「嗯哼！」像是輕蔑似的用鼻子回答的美優，看來完全不把田中放在眼裡，這讓田中很不是滋味。

「那個，美優……我想問妳喔！」

「嗯？」對於田中吞吞吐吐的態度，美優連頭都不回的背對著田中，繼續玩著手機。

田中鼓起勇氣的說著：「這個星期六，街上的大型模型店有賣限定當日販售的模型玩具……想說要找妳一起去購買，之前妳不是說對那部京阿尼的動畫女主角很有興趣的嗎……」田中好不容易終於說出口了。

「抱歉，那天和人有約了。」美優仍然頭也不抬的繼續玩著手機。

美優的手機鈴聲突然響起！美優瞬間接起來。

「喂！啊！是有美！嗯嗯！現在在打工呀！沒關係，妳說吧！」美優毫不在意的聊了起來。

「那個……上班的時候不能接電話……」田中的聲音非常的小。

「……這個星期六？好呀！我剛好那天很閒、很有空呢！我們一起去吧！」美優開心的回答著。

咦？不是說那天有約了嗎？怎麼還說很有空？田中感到不是滋味的想著。

美優完全無視田中的存在，聊了快十分鐘才結束通話；當然這段時間都是田中自己在櫃檯前結帳以及處理工作的事情。

「我說，美優啊！真的不可以在上班的時候講電話……」

「是！是！」美優明顯的不耐煩。「明明就只是個宅男，還這麼囉嗦。」美優回話的時候，也完全不看著田中的臉。

真的是受夠了！宅男就要被女孩子給嫌棄嗎？

「試試看吧……」一瞬間，田中像是聽到了神主的聲音。

田中摸了摸口袋，拿出一顆小布袋中的炒豆子，放到了嘴裡。

「喀滋！」田中嘴裡傳來了嚼碎炒豆子的聲音。

田中感覺自己在吃下炒豆子後，身體就像是擁有強大的能量一樣，連內心都充滿著爆棚的自信，思緒也都清楚了起來！

田中走到了美優身後說著：「美優，再怎麼說上班都要遵守規定，就算是打工也是要尊重妳的工作。」

「很煩耶！你這個宅男……」美優轉過頭，原本厭惡的表情瞬間愣住了！

「田中，前輩？」美優滿臉通紅的看著田中。

在美優的視線中，田中變得既帥氣又充滿著男性的魅力；那帥氣的臉龐配上那飄逸的短髮、結實的身材和那充滿磁性的聲音，簡直把美優給迷倒了！

眼前的美男子真的是那個宅男田中嗎？

美優面紅耳赤的盯著田中，連手中的餅乾掉了都沒發現。

真是個充滿魅力的美男子啊！美優的心已經被田中俘虜了！

「呃……所以美優，上班要認真點。」

「是！田中前輩！」美優眨著眼睛。

「嗯！那就好。」田中對著美優微笑。

美優害羞的對著田中說：「那個……星期六我還可以和田中前輩你去參加模型特賣會嗎……」

「嗯？不是說那天要和朋友一起玩嗎？」

美優搖搖頭說著：「那個完全不重要！請讓我和田中前輩去參加特賣會吧！」

田中開心的說著：「那就，星期六下午一點可以嗎？」

「嗯！謝謝田中前輩！」美優的笑容特別甜美，就像是完全喜歡上了田中。

太棒了啊！田中看著美優的笑容，內心開心的吶喊著！

＊

「神主大人！神主大人！」邊爬上樓梯，田中邊忍不住的喊著。

隔天一早，田中高興的帶著十個稻荷壽司跑到了見桔稻荷神社。

「神主大人！」田中開心的喊著，卻沒有見到神主的身影。

「可以不要這樣大呼小叫嗎？」田中背後傳來了年輕女孩子的聲音。

田中轉過頭，發現是一位非常漂亮的年輕女孩子，而且穿著巫女的衣服。

「啊！難道是巫女大人嗎？真的非常的失禮。」田中趕緊道歉著。

「你是誰？是家光神主大人的朋友嗎？」年輕巫女冷靜的問著。

「也談不上朋友，只是我和他……」田中突然想到不能透露！改口說著：「也沒什麼，就是拿約定好的稻荷壽司來給他就是了。」

「嗯！稻荷壽司請交給我。」巫女收下田中的稻荷壽司後，準備拿到神社裡面；走到半路突然回過頭說著：「神主大人說過，有人拿稻荷壽司來的話，就拿炒豆子給那個人。那個人就是你嗎？」

「對，我是田中，請多多指教。」田中禮貌的點頭。

「嗯！請等我一下。」巫女手上拿著一小袋東西走到了田中面前。「是炒豆子沒有錯吧？」

「是的，是炒豆子。」田中接過炒豆子，這樣子田中身上就有兩袋了。

「田中先生，我是這間見桔稻荷神社的巫女，名字是『蕨』。」蕨很認真的對著田中說著：「你要祭祀的稻荷壽司數量我並不清楚，但是你自己要記得，絕對不可以不遵守約定。」

「我知道！蕨大人，請您放心，我一定會再拿過來的；神主大人大概什麼時候會回來？」

「神主大人說大概還需要一點時間吧！最快應該要三個月以後；他有吩咐我這段時間要由我來收下稻荷壽司，有什麼問題就和我說吧！」蕨很認真的說著。

「好的，謝謝蕨大人。」田中高興的說完後，對著蕨禮貌的敬禮。「那麼我先離開了，下個星期我再拿過來！」

滿腦子都在期待著星期六的約會，田中並沒有注意到蕨始終都在看著他。

*

神主在神社的小房間內，拿下面具吃著稻荷壽司。

神主邊吃著稻荷壽司，邊笑著：「田中唷！可不要讓我失望唷！絕對要遵守約定唷！」

稻荷大人（下）

田中雖然約美優下午一點到，但是他早早就到了約好的車站前。

這幾天田中發現，吃一次炒豆子的魔力，可以維持三至四小時左右，隨著時間的過去，效果就會越來越不明顯；田中為了維持美優心中的好印象，最近一天大概都吃了四顆炒豆子，五天下來吃了將近二十顆。

雖然好像吃太多了，但是為了吸引美優，田中也只能依靠炒豆子的魔力。

「反正也才兩百個稻荷壽司，應該沒有關係吧？」田中邊想，邊將炒豆子拿出來，又吃了一顆下去。

「田中前輩！」田中背後傳來了美優興奮的聲音。

田中轉過身，發現美優充滿笑容的朝自己跑來。

「對不起，田中前輩等很久了嗎？」美優帶著笑容跑到了田中身旁。

「不，我才剛到而已……」田中還沒說完，美優就很自然地挽起了田中的手臂。

美優滿臉笑容的說著：「嘿嘿！我們走吧！」

田中看著對自己非常親密的美優，有點感慨：「不依靠炒豆子的魔力，美優連看自己一眼都不願意，現在卻主動接近自己，這樣真的好嗎？」

「怎麼了？田中前輩不開心嗎？」美優似乎察覺到田中的表情很嚴肅，有些擔心的問著。

「怎麼可能呢？哈哈……」田中搖搖頭否認，趕緊說著：「只是有些肚子餓了，限定商品的販售會兩點才開始抽號碼牌，不如我們去吃點東西好嗎？」

「嗯！我知道有一間不錯的可麗餅店唷！」美優微笑的回答。

「可麗餅嗎？」田中一瞬間猶豫著，已經好久沒吃那樣的甜食了。

「走吧、走吧！很好吃的唷！」美優拉起田中的手，開始小跑步了起來。

＊

「真的好好吃唷！」美優和田中開心的吃著可麗餅，美優似乎真的非常的開心。「田中前輩，味道還喜歡嗎？」

「嗯！還不錯。」田中也露出了笑容。

田中並不是真的很喜歡甜食，甚至很少會去買甜食吃，但是和美優在一起非常的開心，連很少吃的可麗餅，都感覺非常的美味。

這種幸福的感覺，就算是依靠炒豆子的魔力得來的，也讓田中欲罷不能。

「咦？美優？」美優聽到有人叫她，轉過頭去。

「有美？妳怎麼在這裡？」

田中望去，發現是一位打扮得非常時髦的女子，感覺像是「辣妹」——最瞧不起宅男的一個族群。

被稱為有美的漂亮女孩有些不高興的說著：「不是說好今天晚上有聯誼餐會嗎？在有名的那間連鎖居酒屋舉辦，還是由男性付錢耶！結果妳一通電話就說要取消，這樣子我怎麼能接受嘛！」

美優的表情有些不好意思的說著：「不好意思嘛！今天我想陪田中前輩，我來向妳介紹，這位是我打工的時候很照顧我的田中前輩。」

「您好，我是田中，請多多指教。」田中禮貌性的向有美點頭。

「嗯！」有美上下打量著田中，那眼神就像是在看蟑螂一樣。「我是有美。」有美說完後，將美優拉到一旁。「妳搞什麼？這傢伙長得一點都不帥氣、看起來也沒錢，穿的衣服上還有動畫人物，一整個宅男的感覺，為了這傢伙，妳寧可放棄晚上的聯誼餐會嗎？」有美絲毫沒有壓低音量的意思，彷彿是在說給田中聽。

「那個……今天的限量販售會差不多要開始了……」田中看看時間，限量販售會開始的時間快要到了。

「你這傢伙閉嘴好嗎？」有美很不客氣的頂回去。真的很沒禮貌！田中有些惱火，但是不太敢表現出來；從美優的表情看來，美優也很迷惘。

田中突然靈機一動！拿出炒豆子吃了一顆下去……

「喀滋！」

「所以我就說，這傢伙有什麼好的……」有美轉過頭去，指著田中。

「咦？」一瞬間，有美整個愣住了！

田中就像是大變身了一般，整個人散發出來的氣質和氣場完全的不同，可以說是完全換了一個人！剛剛那種宅男的形象，完全消失了，深深的讓有美打從內心著迷。

「哇……好帥氣。」有美小聲的說著，心跳越來越快。

結果，連有美都跟著田中一起去參加限定特賣會，田中邊吃著炒豆子，邊享受著美女圍繞在身邊的幸福。

＊

蕨很訝異的盯著眼前的一大包稻荷壽司。

「你這次到底帶了多少稻荷壽司來？」

「哈哈！也沒多少個啦……」田中有些害臊的回答著。

從約會那天後，有美一有時間就跑來和美優聊天，有時候更會背著美優和田中偷偷的聊天；為了不讓美優失去對自己的好感，又要顧及有美的想法，因此只要效果一過去，田中就趕緊拿起炒豆子吃下去。

這樣的吃法，後果就是要奉獻將近三百個稻荷壽司……

蕨看了一眼稻荷壽司，有些不信任的問著：「這些稻荷壽司可是要奉獻給稻荷神明大人的喔！該不會是你自己隨便亂做的吧？」一邊說，一邊用不信任的眼神瞪著田中。

「蕨大人，您就不要說笑了！這麼多的稻荷壽司當然不是我隨便做的啊！」田中一邊解釋，一邊拿出了一張名片。「因為量很大，所以我就請附近料理專門學校的學生幫忙製作，既便宜又好吃，我也不用到便利商店去買給稻荷神明大人了。」

「嗯——」蕨似乎不太感興趣的拉長音回答後，邊看著田中手上拿的名片，邊點頭說著：「稻荷壽司的數量我再拿進去清點。你這一次還要拿稻荷神明大人的炒豆子嗎？」

「是的，請給我多一點吧！」田中露出了靦腆的笑容。「下個星期我和美優有三次約會！所以這一次請給我多一點吧！」

「多一點嗎？」蕨點點頭後，拿著一大袋的稻荷壽司走進神社。

「哇——不愧是巫女，抬得動那麼大袋的稻荷壽司啊……」田中邊自言自語，邊坐在神社內的階梯旁邊。

如果可以不依靠炒豆子的魔力，就可以正常的和美優交往那該有多好；但是田中一想到如果不吃炒豆子，美優又會再次不理會自己，那可能真的就沒救了。

「田中先生，這些炒豆子你拿去。」田中背後傳來了蕨的聲音，打斷了田中的思緒。

「謝謝您，蕨大人。」田中畢恭畢敬的向蕨道謝。「這次的炒豆子好大一包，大約有幾顆呢？」

「有五百顆喔！」蕨說完後看著田中，很嚴肅的說著：「是這樣的，有件事情可能神主大人沒有和田中你說清楚。」

「什麼事情？」田中看著蕨，似乎也蠻介意的。

「這個豆子，有一種特性，就是對同樣的人，效果會漸漸的打折扣，持續吃下去的後果，有可能會漸漸無效。」蕨邊說，邊用右手輕輕的摸了一下自己的瀏海。

「意思是說？」田中一時會意不太過來。

「就是說，你喜歡的那個女孩子，對豆子的魔力會漸漸的習慣，最後豆子的魔力會對她完全的無效。」

「咦？咦？咦——」田中不可置信的聲音越來越大聲。

蕨完全不在意田中的反應，冷靜的說著：「靠著魔力或是外來的力量來控制人心本來就是不被允許的，特別是愛情這樣的事情，是很難被永久控制的；如果真的想要獲得幸福，你應該要好好的去經營彼此的感情，而不是靠這樣的魔力。」

「嗯！」田中點點頭，感覺十分的慚愧。

沒有好好讓美優瞭解自己，而只是利用炒豆子的魔力來讓美優喜歡上自己，總感覺有些卑鄙；如果真的讓美優能夠理解自己，就不用這樣子大費周章了嗎？但是，萬一不依靠稻荷神明大人的魔力後，美優厭惡自己怎麼辦……

田中緊緊的捏著這袋炒豆子的袋子，陷入了迷惘。

「我知道了，我會好好的考慮一下。」田中有些黯然的離開了神社。

＊

「這次的稻荷壽司真的很美味。」

在神社的小房間內，神主邊吃著稻荷壽司，邊透過一面特殊的圓形鏡子看著鏡子中的田中。

「雖然我只要有稻荷壽司可以吃就好了，不過千萬不要讓我失望啊！嘿嘿嘿！」神主邊看著圓形鏡子內的田中，邊笑了起來。

*

接下來依靠著炒豆子魔力的田中，度過了兩次快樂的約會；第一次是去一間不錯的餐廳吃飯，接著又去看了電影，最後依依不捨的各自回家；第二次是去水族館，看了很多種魚之後又去吃了海鮮料理。

這一次是第三次的約會，去動物園看完貓熊後，再去很有名的海景餐廳吃晚餐。

吃完晚餐後，夜景讓兩人流連忘返。

田中看一看時間後，想把炒豆子拿出來吃，卻突然停下了動作。

田中想賭一賭。

「今天真是開心呢！田中前輩。」

美優將雙手放在欄杆上，看著都市的夜景。

都市的夜景真的很浪漫，很多情侶也是在這個靠近港口的地方邊約會邊聊天；在夜晚的海景以及都市的燈火下，許多情侶都會選擇在這邊欣賞完夜景再回家。

「不要著涼了，港口海風比較大。」田中將薄外套披在美優肩膀上。

「謝謝你，田中前輩。」美優對著田中微笑著。

看似平靜的田中，內心不停的掙扎。

應該要再繼續吃炒豆子嗎？還是就這樣和美優說實話呢？如果失敗就結束了，成功的話或許可以和美優正大光明的交往！

陷入迷惘中的田中，祈求著一個真正的答案；但是誰也沒辦法告訴田中答案，誰也沒辦法……

「田中前輩，你不開心嗎？」美優側著頭望著田中。

田中趕緊搖搖頭：「怎麼可能呢？我很開心啊！」田中說完故意誇張的舉起雙手。

「耶嘿！我好開心！我好開心！」

看到田中這樣，美優忍不住笑了出來。

「真是的！田中前輩真愛開玩笑！」美優推了一把田中。

「抱歉、抱歉！我只是突然想事情想到恍神了……」田中話還沒說完，美優就雙手緊緊抓著田中的衣服，將頭靠在田中身上。

田中緊張的說著：「美優？妳怎麼……」

「拜託！就讓我暫時這樣吧！」美優不等田中把話說完，小聲的喊了出來。

田中一頭霧水，只能靜靜的等待著美優的回應；沉默了幾分鐘，這段時間兩人都沒有說話，田中更是不知道美優為什麼會有這樣的反應。

這樣的感覺讓田中覺得很漫長，但是又說不出是什麼討厭的感覺；直到美優打破了沉默，小聲的說著。

「我很害怕，不一樣的田中前輩。」

「誒？什麼意思？」田中無法理解「不一樣的自己」是什麼意思。

「自從認識田中前輩後，我就很喜歡和田中前輩自然的聊天，既沒有壓力又很開心。可是不知道從什麼時候開始，我一見到田中前輩，就覺得田中前輩很有魅力，又很親切。雖然想要和田中前輩好好的相處，可是又很害怕田中前輩會覺得我是個煩人的女孩，畢竟我對動漫的話題真的不是很感興趣……」美優似乎為了不讓田中看到自己的臉，才故意躲在田中懷裡。

田中靜靜的聽著，原來美優是這樣想的啊！

「後來，田中前輩突然變得很耀眼、很帥氣，以前樸實的田中前輩反而不太能夠見到了。雖然我也很喜歡現在這樣的田中前輩，可是我真的很害怕，真正的田中前輩到底是哪一個呢？」

是啊！到底哪一個才是真正的自己呢？田中也在心裡問著自己。

不能再逃避了！

「美優，請聽我說……」

田中很詳細的將在稻荷神社見到神主大人的事情，以及吃了炒豆子後會有魔力的事情，老老實實和美優說清楚。

美優自始至終，都沒有抬起頭來。

「所以……請不要害怕好嗎？」田中說完後，想要抱住美優……

「啪！」一聲響亮的巴掌聲！

「美、美優？」被美優打了一巴掌的田中，呆愣在那邊。

「你這個卑鄙的小人！」美優生氣的說著。「喜歡我直接和我說不可以嗎？為何用這種卑鄙的手段來欺騙我！」美優邊說，眼淚邊從眼眶中慢慢流出來。

「我沒有欺騙妳的意思……只是……」

「我不想聽！你這個懦夫！你這個混蛋！」美優邊哭邊罵，轉身打算離開！

田中趕緊抓住美優的手：「等等！我只是……」

美優用力的甩開田中的手，大聲罵著：「你這個膽小鬼！去死好了！我不願意再看到你！」美優罵完後快速的跑開。

只留下愣在原地的田中。

田中流下了眼淚，或許再多眼淚也換不回美優的心了吧？

不知道坐了多久，突然田中的手機響了！

「難道是美優？」田中沒有看來電顯示，直接對著手機喊著：「美優嗎？妳在哪裡？」

「猜錯嘍！」電話那頭傳來另一個年輕女孩的聲音。「是我，有美啦！怎麼啦？和美優吵架了嗎？」聽聲音有美似乎很開心的樣子。

「又不關妳的事情，我掛斷了啊！」田中的心情糟到了極點。

「別掛、別掛！」有美在電話內開心的說著：「如果有空就來玩吧！我們這邊幾個女孩子都覺得很無聊，剛剛聯誼的男生們都超——無趣的！趕快來玩吧！我們一起唱歌到早上如何？」

「沒心情……」田中原本想要拒絕，但一想到腰間還有大把的炒豆子，就豁出去了。

「好吧！告訴我在哪裡，我等等坐車過去。」

「LUCKY！」有美興奮的說。「就在上次我說的那間店裡，快點來唷！」田中掛上了電話後站起身。

反正都被美優討厭了，去玩一下應該沒關係吧！

接下來田中去了KTV唱了一整個晚上的歌，當然炒豆子也因為包廂內有三個年輕女孩子，所以多吃了好幾顆。

＊

「嘟——嘟——」手機的聲音硬是將田中吵醒。

「喂！是誰？」田中睡眼惺忪的接起電話。

電話內傳來了咆哮聲：「是誰？我是店長！你不是早上要來值班嗎？怎麼現在才接電話！」

「誒？」田中翻起身，看了看時間……已經晚上六點了。

怎麼會睡那麼久？田中想起昨天因為心情不好喝了許多酒，所以今天才會宿醉一整天；現在只要想事情就會頭痛，連最後面怎麼回家的都不記得了。

早上的班就這樣翹掉了。

「真的非常抱歉，我睡過頭了。」田中趕緊在電話內道歉。

「真是的！要不是美優那女孩突然說不做了，我真想把你給開除掉……明天別再睡過頭了！」店長說完掛掉了電話。

什麼？美優突然說不做了？田中趕緊打電話給美優，卻一直轉到語音信箱。

給美優太大的打擊了嗎……田中搖搖晃晃的起身，想找水喝，突然看到裝炒豆子的袋子。

袋子變得扁扁的。

「誒！誒誒！」田中緊張的走到袋子旁，拿起袋子看著。

袋子居然破了一個大洞，炒豆子一顆都不剩了。

「不會吧！騙人的吧！明天早上就要拿稻荷壽司去稻荷神社了耶！」田中冷靜的想了一下。「五百顆豆子……那不就是要五千個稻荷壽司了嗎？」田中的臉色開始鐵青。

「糟糕！不趕快去找料理專門學校的學生商量，會來不及的！」

田中慌張的跑出門，希望料理學校的學生還在！

＊

「你說什麼？校外旅行？」

「是啊！今天開始連續三天都是校外旅行，暫時不會來上課喔！」

田中聽到學校警衛伯伯這樣說，似乎只能無奈的接受；雖然說布袋內是五百顆，但是自己在之前就吃了許多，嚴格說起來應該是五百五十顆左右吧？這樣不就要五千五百多個稻荷壽司了嗎？

印象中自己早上醉醺醺的回家，在路上遇到了一堆鴿子……

難道就在那時袋子破了，豆子都被鴿子吃掉了嗎？田中邊想，邊嚇出了一身冷汗。

「我說你啊……打破約定了喔！」田中耳邊突然傳來了神主的聲音。

「什麼？」田中抬起頭來，瞬間嚇得臉色鐵青！

不知道為什麼，自己已經站在稻荷神社內了。

「我，什麼時候來的？」田中左看右看，不知道自己什麼時候走到了神社。

「為什麼要打破約定呢？」

田中這時才發現神主的聲音來自於自己後面，轉過身發現神主就站在自己身後的不遠處。

「神主大人！我沒有打破約定啊！我明天會盡可能買好稻荷壽司的……」

神主大人搖搖頭：「不是那個，是我說要保守祕密的事情。你怎麼能夠洩漏祕密呢？」神主大人臉上的狐狸面具變得越來越詭異。

「我、我真的不是故意的……真的很對不起！」田中彎下腰，九十度鞠躬道歉著。

「不行的喔！我要吃掉你，作為處罰喔！」

「誒？」田中抬起頭，看向神主大人。

神主大人突然變得越來越大隻，並變成了一隻大型的白色狐狸！狐狸的臉上充滿著憤怒，眼睛充滿著血絲！白色的毛在月光下看起來閃閃發光，爪子上反射出來的光芒就像是充滿著殺氣！

「吃……掉……你！」大型的白色狐狸大約有三層樓高，惡狠狠的瞪著田中！

「嗚哇啊啊！妖怪啊——」田中嚇得轉身拔腿就跑！只要跑出鳥居，離開了神社就可以了吧！

「吼嚕——」白色狐狸來勢洶洶的在田中身後追著！

田中拼命的跑向鳥居！但是在鳥居後面又出現了一個接著一個的鳥居，為了逃避白色狐狸的追殺，田中根本不曉得自己跑過了幾個鳥居……

有那麼多鳥居嗎？怎麼可能？

「吼！」白色狐狸越追越靠近了！

「哇啊啊啊——」田中嚇得眼淚、口水都噴出來了！再這樣下去會不會嚇到尿褲子啊……

一不留神，田中嚇得跌倒在地！想要站起身，卻突然感覺到有重物壓在身上！

「吼！抓到了！」白色狐狸用右前爪狠狠的壓著田中！

「對、對不起……我真的不是故意的……」田中邊流著眼淚，邊求著白色狐狸。「請原諒我吧……求求你……」

「原諒你也可以。」白色狐狸看著在自己腳下的田中。

「真的嗎？要我做什麼事情都可以……」田中高興的說著。

「拿你的內臟來賠償我吧！」白色狐狸說完，張開了大嘴，露出了又長又尖的利齒！

「不要啊——」田中的慘叫聲劃破天空……

＊

「嗚哇啊啊——」田中緊張的坐起身。「我、我還活著？」田中趕緊掀開衣服，發現自己並沒有被吃掉，只是嘴巴內好像咬著什麼東西！田中把東西從嘴巴中拿出來，發現是身體只剩一半的炸蟋蟀……

突然覺得噁心的田中不停吐著口中的蟋蟀渣：「呸呸！」

「醒來啦？不要在神社內吐東西。」旁邊傳來了神主大人的聲音。

「嗯！哇啊啊！神主大人！」田中嚇得站起身，發現自己還在神社內，只是已經是早上了。

「我、我真的被吃掉了嗎？現在是幽靈了嗎？」田中一時之間不知道發生了什麼事情。

「喔！那個啊！那個是用來處罰你的幻覺，誰叫你不遵守約定。」神主大人邊說邊指著田中。「好險你沒有利用炒豆子做壞事，不然肯定要把你吃得連骨頭都不剩喔！」

「所以，你真的是妖怪？」田中有些害怕的問著。

「啊啊！確實是妖怪，不過就算是妖怪，也還是神的使者啊！」神主大人邊說，邊用手拿下了面具。

田中看著神主大人慢慢拿下了面具，內心覺得非常的害怕，會不會那張面具下，就是一張真正的狐狸臉？

「咦？啊！」田中忍不住叫出聲音！

面具下的臉孔，就是巫女蕨！

蕨一揮手，瞬間變成了巫女的裝扮。

田中疑惑的問著：「所以……蕨大人就是家光神主大人嗎？」

「不是的，真正的家光神主大人幾乎都在另一間神社，很少會過來這邊。」蕨走到了田中面前。「我裝扮成神主大人就是為了和你交易，可惜你最後還是將祕密洩漏了出去。」

「真的很對不起……」田中真心的覺得抱歉。

蕨點點頭，嘆了一口氣後說：「算了，反正也已經懲罰你了，以後炒豆子你也不能用了。而且，你也沒有給我稻荷壽司……」

「對喔！都早上了！來不及了。」田中這才想起來稻荷壽司還沒準備好。

「這次的稻荷壽司我自己去買，你再幫我付錢吧！」蕨微笑著。

「妳就算多買也沒關係！」田中倒抽了一口氣，事情能解決就好。

「不過你的表現也不錯。」蕨微笑著對田中說：「愛情本來就是要靠自己把握住，好好的努力吧！」

「嗯！我知道了。我要趕去打工，先離開了。」

「加油吧！」蕨對著田中揮揮手。

田中就這樣離開了稻荷神社，他對自己發誓以後做任何事情都不再走捷徑，任何事情都要全力以赴！

之後，田中收到了稻荷壽司的帳單。

「什麼……五萬五千多顆稻荷壽司？那不就是原先約定好的數目的十倍嗎？不是神的使者嗎？怎麼可以這樣！」田中收到帳單的慘叫聲響徹雲霄！

＊

「就算是神的使者，也還是妖怪嘛！」

蕨雖然穿著巫女的服飾，頭上的狐狸耳朵仍然微微的動著。
今天的稻荷神明大人，依舊保佑著大家。

稻荷大人解說

稻荷神，日本掌管食物的大神明之一，又稱為稻荷大明神、稻荷大人等；也有奉九尾狐為主神的稻荷神社，總本社為伏見稻荷大社，被日本指定為國家文化古蹟。

稻荷神社的紅色鳥居及白狐神使廣為大眾所知；宇迦之御魂大神為掌管五穀之神；《百家說林》一書指出，有女童唱歌唱道：「稻荷就是狐狸，狐狸就是稻荷」。

最早在和銅四年（七一一年）就已有稻荷神明的文獻紀載，當時宇迦之御魂大神別名為「御饌津神」；稻荷狐狸還曾被朝廷封為「命婦」，因此也被稱為「命婦神」所祭祀著。

到了江戶時代，稻荷神也被視為商業之神，受到了大眾的歡迎，並將稻荷狐和稻荷神視為同樣身分。

之後又成為商業神、農業神、家宅守護神、食物神、表演神等萬能的福神，也因此更受到了廣大民眾的歡迎。

白色的狐狸已經到達了神明使者的等級，和一般狐狸作祟完全不可同日而語；另外學者推論，雖然民眾會祭祀稻荷壽司或是紅豆飯，但實際上狐狸是肉食性動物，應該不是很喜歡才對。

化貓

「向右傳！這邊！」良介在足球場上喊著！

「去吧！良介！」

隊員將足球傳給良介，良介瞬間起腳射門！足球穿越了守門員，射門得分！

「太好啦！得分啦！」良介和隊友們歡呼著。

今天是星期六，良介參加足球社團的練習賽，身為足球隊一年級的新隊員，表現卻比其他二年級生還要耀眼，很快的就被提升為正規比賽的一員，也有三年級的學長誇讚良介下一任副隊長的位置非他莫屬。

「良介，你那一球射得好喔！」良介的足球夥伴在旁邊誇獎著。

「學長你太客氣了，是你那一球傳得好啊！」良介拿起毛巾邊擦著臉，邊和二年級的學長聊著天。「足球不是比誰射門射得好而已，沒有學長你的高超控球技術，恐怕球也傳不到我們這邊啊！」

「哈哈哈！你這小子！走吧！我們一起去吃飯吧！」二年級的學長似乎非常的高興。

良介的個性溫和再加上謙虛、有禮貌，很受大家的歡迎；因為這一天練習賽贏得勝利，所以良介和足球社員們一起吃著烤肉大餐慶祝。

吃完已經晚上八點了，經過早上的熱身練習及下午的比賽，良介覺得全身肌肉痠痛。

「還好明天是星期日，回家泡個澡後好好的休息吧……」良介疲倦的走在河堤邊，這一條路是良介每天回家的必經之路。

「喵嗚——喵嗚——」不知道從哪裡傳來了小貓咪的叫聲，而且聲音有些急促、不正常。

良介原本並不在意，但是急促的貓叫聲讓良介停下了腳步；左右看了看，發現周圍並沒有什麼小貓咪。

「喵嗚——喵嗚——」

「喵嗚——喵嗚——」小貓咪的聲音一直傳來。

良介被小貓咪的叫聲弄得心煩意亂，於是往旁邊的河堤走過去。

河堤下有個箱子，裡面有個小小的身影在動。

「嗯！咦？是那個嗎？」良介看了一下，發現箱子內有一隻很小隻的貓，而且箱子有一半已經泡在水裡，看起來快和水一起漂走了！

「糟糕！不能放置不管！」良介邊說，邊左右看看有沒有人；可能因為是週末的晚上，河堤旁邊一個人都沒有，而且箱子似乎快要被河水給沖走了！

這麼小的貓，真的漂走肯定必死無疑！

良介小心翼翼的走到河堤下方想將小貓救起來，箱子卻在轉眼間漂到了河中央！

良介快速伸手想要抓起小貓，無奈速度還是跟不上！小貓就和箱子一起被河水給沖走了！

「糟糕！」良介看著漂走的箱子，愣了一下，趕緊跳到河裡去！

「喵嗚——喵嗚——」小貓咪一直叫個不停。

雖然良介的體力不錯，但是仍被河水給嗆了好幾次；順著河水的方向，良介快速的游向箱子，抱住箱子後，經過一陣子手忙腳亂，總算將小貓咪救到了岸邊。

「呼、呼……咳！咳！」良介邊喘息邊咳出幾口水。「小貓咪，你沒事吧？」良介走到了箱子旁，將小貓咪抱出來。

是一隻右邊耳朵有咖啡色花紋的白色小貓，看起來並沒有多大，所以才會在箱子內跳不出來。是誰把這麼可愛的小貓，惡劣的放到箱子內後丟棄在河堤下？良介不禁覺得做這件事情的人真的很變態。

「小貓咪，不要再掉到河裡面去了喔！」良介拿出了包包內的毛巾，自己還沒擦乾就先幫小貓輕輕的擦拭一遍。「先幫你擦乾，免得你感冒了。」

「咪嗚！」小貓咪像是在道謝一樣，對著良介輕輕的叫了一聲後，快速的跳離開。小貓咪離開前，轉過頭像是向良介點頭道謝一樣，隨即就不見蹤影。

「那是道謝嗎？我這邊可慘了呢……」良介看一看自己的衣服幾乎都泡髒了，連鞋子都泡水變得髒兮兮。

看起來超級狼狽。

「算啦！回去洗澡換衣服吧！」良介拿起了放在岸邊的運動背包，回家去了。

認真的洗刷了一遍後，筋疲力盡的良介倒在床上很快的就進入了夢鄉，發出了呼嚕嚕的鼾聲……

夜晚的月亮慢慢從雲中出現，月光透過窗戶照到了熟睡的良介身上。

起霧了。良介只感覺輕飄飄的，像是在軟綿綿的棉花上，接著傳來喧鬧的聲音，讓良介睜開了眼睛。

「什麼……早上了嗎？」良介只覺得很刺眼，光線就像白天一樣。

「良介大人！歡迎光臨！喵！」旁邊傳來了女孩子的聲音。

「喵？」良介還沒清醒，只覺得幹嘛說話後面要加個喵字？

不對！是誰在旁邊？良介整個清醒，快速的坐起身！

良介愣住了！好幾位年輕漂亮的女孩子穿著可愛的夏季浴衣對良介微笑！

「歡迎！歡迎！喵！」

「良介大人歡迎！歡迎！喵！」年輕女孩子們很高興的對著良介打招呼。

良介瞬間站起身，大聲問著：「哇啊！妳們是誰啊？」良介仔細的看看周圍，看起來像是在既漂亮又寬敞的和室內，腳下還有榻榻米。「還有！我是在哪裡啊！」良介一整個搞不清楚狀況。

「良介大人請不要緊張，喵！」旁邊傳來了一位女孩子的聲音。

良介看向旁邊，發現女孩子穿著一件咖啡色的浴衣，髮色是很漂亮的茶色。

良介看著茶色長髮女孩子問道：「妳是誰？是妳們帶我來到這邊的嗎？」

「是的，沒錯，喵！」茶色長髮女孩子微笑著說：「很感謝良介大人今天救了我的妹妹，為了表達對良介大人的謝意，所以我們決定招待良介大人來這邊參加我們的宴會，喵！」說完後，從身後牽出一位小女孩。「快來和良介大人道謝，喵！」

從茶色長髮女子身後走出了一位穿著白色花紋浴衣的短髮可愛小女孩，看起來才五六歲，髮色是漂亮的咖啡色。

「良介大人謝謝，喵……」小女孩有些害羞的說著。「我的名字是『茶茶音』，謝謝良介大人今天在河邊救了我！喵！」小女孩邊說，邊對著良介露出了靦腆的微笑。

「什麼？我沒有……」良介正想要否認時，發現這位自稱為茶茶音的小女孩頭髮上有兩個像是動物耳朵的物體，很像是貓耳朵，而且右邊耳朵還是咖啡色的……

良介突然頓悟，指著茶茶音問道：「妳、妳是那隻小貓？那麼……」良介環顧一下四周，發現所有年輕女孩子的頭上……也有貓耳朵。

「哇！妖怪啊！」良介嚇得大叫，一不小心往後跌坐在塌塌米上！

「請不要害怕，冷靜聽我說。」長髮女子走到了良介前面。「我是茶茶音的姐姐『禰子』，我們是不會傷害良介大人的，喵！」禰子伸出手扶起良介。「雖然我們是被稱為『化貓』的妖怪，但是也只有晚上的時候才會有魔力，白天只是普通的貓而已。所以年紀小的茶茶音才會被壞人給抓走，惡意丟在河堤旁邊。」禰子說完後，對著茶茶音說道：「以後不可以亂跑，知道嗎？喵！」

「嗯！人家知道了，喵！」茶茶音低下頭，像是在反省一樣。

良介想起當時的小貓咪確實很無助，若不是良介經過救了小貓咪，可能小貓咪早就已經被沖到某個地方淹死了；良介站起身後，看了看禰子。

禰子和其他擁有貓耳朵穿著浴衣的年輕女孩子，都充滿善意的看著良介。

禰子對著良介微笑說：「請讓我們招待良介大人吧！好讓我們表達謝意，喵！」

是夢嗎？良介輕輕捏了一下臉頰，好像不太痛！可能真的是夢吧！否則怎麼可能會有這種蒲島太郎的劇情呢？

「既然是夢，那就好好的玩一玩吧！」良介放鬆了心情，坐在禰子準備的椅墊上，禰子像是打暗號似的拍了兩次手。

不知道從哪個地方傳來了很優雅的音樂，緊接著貓女陸陸續續送上豐盛的菜餚，禰子也為良介倒了一杯果汁。

「啊！我以為在夢裡面是酒的說。」良介開玩笑的對著禰子說。

禰子笑笑的回答：「不行唷！未成年請勿飲酒，這是柳橙汁。喵！」

幾位年輕又漂亮的貓女跳著很可愛的舞蹈，像是在對良介表達謝意一般，每個貓女都對著良介微笑。

「哈哈哈！真是太豐盛了，這些魚料理都好好吃啊！」良介邊吃著豐富的料理，邊高興的欣賞著貓女們的表演。

「那個，良介大人，喵！」茶茶音有些害羞的叫著良介。

良介看著茶茶音，笑笑的問著：「茶茶音怎麼了？」良介喝了一口柳橙汁，對著茶茶音微笑。

「那個，喵……」茶茶音吞吞吐吐的說著。「如果，良介大人不介意的話，可不可以……」茶茶音越說越小聲，還害羞的低下頭去。「喵嗚、喵嗚……」

「什麼？」良介聽不太清楚，身體靠近茶茶音聽著。

「喵嗚，就是……新娘。」

「什麼？」良介還是沒有聽清楚。「茶茶音，可以說清楚一點嗎？」

茶茶音滿臉通紅，慢慢的說著：「茶茶音在箱子內的時候真的很害怕，好險有良介大人救了茶茶音……那時候在箱子內，茶茶音一直哭都沒有人發現，真的很害怕、很害怕，很怕會被水淹沒了。」

「嗯！不要怕，都過去了。」良介笑笑的安慰著。

「所以……咪嗚……」茶茶音又害羞的低下頭說著：「如果良介大人不嫌棄，茶茶音長大後，要當良介大人的人……」茶茶音害羞緊張到說話結結巴巴。

「當我的？」良介原本以為茶茶音要和他當朋友，所以沒有很介意，還是邊喝著柳橙汁，邊看著跳舞的貓女們。

茶茶音用很小的聲音，彷彿只有良介會聽到的聲音說著：「茶茶音，想當良介大人的新娘，咪嗚……」茶茶音害羞的完全低下頭去了。

良介看了看茶茶音，這麼小的孩子通常都喜歡作當新娘的夢，恐怕十年後也不會記得了吧！又何況這是在夢裡，答應也無所謂吧！

「好啊！」良介很爽快的答應了。「茶茶音長大後就當我的新娘吧！」

茶茶音抬起頭，似乎很高興良介會同意！高興到抱住了良介！

「咪嗚！咪嗚！最喜歡良介大人了！最喜歡、最喜歡了！咪嗚！」茶茶音高興的撒嬌著。

「那麼，良介大人。」禰子在旁邊對著良介說：「茶茶音這孩子未來就麻煩您了，喵！」禰子的表情似乎很認真，還對著良介敬個禮。

良介並沒有很在意：「等茶茶音長大後再說吧！茶茶音長大後還要不要嫁給我都不知道呢！」

「茶茶音要嫁給良介大人！咪嗚！」茶茶音像是在抗議一樣，又一次緊緊的抱住良介。

「哈哈……」良介開心的笑著。

接下來的時間真的過得很愉快，良介邊吃著豐富的菜餚，邊看著漂亮貓女們的表演，在禰子和茶茶音的陪同下，就這樣不知不覺的過了一段愉快的時光。

「太滿足了！」良介吃得很撐，非常的滿意。

「禰子姐姐！禰子姐姐！」從另外一間房間跑來了一位漂亮的女孩喊著禰子。

禰子聽那位女孩子說完悄悄話後，神色匆忙的站起身，並看了一眼茶茶音，對著茶茶音點點頭。

禰子對著良介說：「良介大人真不好意思，喵，我們有點事情先失陪一下，請在這間房間等候，我們很快就會回來。」禰子說完後，牽著茶茶音和所有貓女離開了這間宴會的房間。

宴會的房間瞬間安靜了下來，彷彿沒有半點聲音。

「嗯？都這樣了還不醒來嗎？」良介悠閒的坐著，看了看四周。「真是美夢，這樣就結束有點可惜。」

良介繼續吃著盤子上的一隻大烤魚，美味程度真的不是平常的料理可以相比的；就這樣吃了一段時間，還是沒有半個人回來。

「好慢啊……這麼無聊的夢還是快點醒來吧！」良介抱怨完又喝了一口柳橙汁。

「喀啦喀啦——」旁邊的紙門被拉開了。

「好慢喔！我等好久了……」良介往紙門的方向看去。

良介的臉瞬間變得鐵青！

一隻將近三層樓高的暗紅色大貓……應該說是妖怪！有著暗紅色的肌膚而且沒有毛，貓眼也瀰漫著火焰般的紅色！嘴巴內都是尖牙，散發出濃濃的噁心臭味！

「哇啊！」良介嚇得大叫。「妖怪啊！」良介想了起來，禰子說她們是化貓，意思就是妖怪貓！

巨大化貓瞪著良介慢慢地靠近：「是你這傢伙嗎？就是你這傢伙把茶茶音……」

「哇！」良介站起身，往後退。「茶茶音？我只不過答應讓她當我的新娘……」

「新娘？把茶茶音？」巨大化貓看起來更加的憤怒，臉上的貓唇不停的抖動著：「你這傢伙有什麼資格！老子要吃—了—你—」巨大化貓發出了憤怒的尖叫聲！

「喵呀——」巨大化貓邊叫，邊將利爪伸出來！

「哇啊啊！」良介轉身就跑。「是夢就快點清醒吧——」

「別想跑！老子要把你咬成碎片！從腳開始咬爛！喵呀——」巨大化貓開始追起良介，難聽的吼叫聲就像是宣告著抓到良介後，就要把良介狠狠弄死一樣！

良介邊呼喊著救命，邊將前方的紙門一扇一扇的打開！開了好幾扇紙門，跑了好幾間和室房間，總算跑到了長長的走廊；良介邊跑邊往後看，憤怒的巨大化貓仍然緊追著良介不放！

「是夢就快點醒來吧！」良介喊著，發現巨大化貓快追上了自己！眼前的走廊突然有個彎道，良介轉彎後發現走廊的外面似乎有庭園！良介跑出走廊，發現庭園地上有好幾個石頭。

這樣下去一定會被追到……有了！良介靈光一閃，拿起一顆和足球差不多大的石頭，決定盡全力賭賭看！

「想吃我？吃這個吧！」良介拿起石頭，奮力的用腳一踢！石頭飛向化貓的臉部，命中巨大化貓的眉心……

「碰！」石頭竟在巨大化貓的臉上應聲碎掉！

「大膽的傢伙！」巨大化貓毫髮無傷，快速的抓住良介的右腳！

「哇啊！放開我！」良介被巨大化貓抓起右腳變成了倒吊的姿勢。

「勇氣可嘉！還敢對老子做這種事！」巨大化貓伸出了舌頭，舔了舔貓唇。「老子改變心意了，不從腳開始吃，老子要先挖出你的內臟，然後把你的腳和手一隻一隻的吃掉後，最後再咬爛你的頭……嘿嘿嘿嘿！」巨大化貓邊說，邊張開了大嘴露出了尖銳的牙齒。

「啊啊……」極度恐懼的良介，失去了意識；昏迷前看到了巨大化貓的大嘴慢慢的接近自己……

「啪！」一把紙扇打在巨大化貓頭上！紙扇的襲擊，阻止了巨大化貓的動作。

「爸爸！你在幹什麼？喵！」禰子拿著紙扇，看起來很氣憤的罵著巨大化貓。

「幹什麼？就是懲罰欺侮茶茶音的人類啊！」巨大化貓無辜的轉過頭看向禰子，貓掌還摸了摸被禰子打的地方。

「爸爸！你抓的那位是救了茶茶音的恩人，良介大人啊！喵！」禰子生氣的說著。

「不是說良介大人在東側的宴會廳，欺侮茶茶音的人類在西側的牢房嗎？」

「是這樣嗎？」巨大化貓的臉尷尬極了。

「良介大人！咪嗚——」茶茶音跑到了巨大化貓的身旁，一直跳著想要抱住良介。

「爸爸！快放開良介大人！咪嗚！」看起來像是要哭出來了！

禰子生氣的說著：「爸爸！還不放下良介大人！喵！」

「真可惜，這人類看起來好像很好吃……」巨大化貓邊嘟嚷邊放下良介，茶茶音緊緊抱著倒在地上的良介。

「難道說，爸爸你又喝酒了！」禰子叉著腰，對著巨大化貓說：「知道自己酒量差，就不要喝那麼多！喵！要不是我們剛好趕回來，你不就把茶茶音的恩人吃掉了嗎？喵喵！

你就是這樣，喝了酒就會誤事，這樣怎麼接媽媽回來？媽媽還在娘家不回來不是嗎？喵喵！爸爸你就是這樣，為什麼都不反省呢……」

良介在禰子的說教聲中，漸漸回復了意識。

＊

「啾啾啾……」外面的鳥叫聲和照在良介臉上的陽光，讓良介醒了過來。

「嗯！」良介坐起身看了看自己的房間，時間已經過了早上八點鐘。

「是夢吧？」良介抓抓頭髮，發現自己一樣穿著睡衣，什麼都沒有改變，只有口中像是殘留著薰衣草的香味。

一切都沒有改變，就只是個長夢罷了。

就這樣過了一個秋天、一個冬天，終於盼到了春天。

良介再也沒有夢到巨大化貓或是貓女，想起漂亮的禰子和茶茶音始終讓良介覺得夢很真實，真實到不可思議的地步；之後只要良介經過貓的身邊，都會停下腳步看看貓。

「嗨！過來玩嗎？」良介對著貓咪招招手。

貓咪連理都不理，直接轉過身走掉。

到了櫻花漫舞的季節。

良介過了這個櫻花季就要升上二年級了，足球社的活動到時候可能會更多了吧？良介練習完後，特意走到了晚上有開放欣賞櫻花的公園；為什麼會走到這裡？或許是一種聲音在呼喚良介吧？

「良介大人，好久不見，喵！」良介聽到了熟悉的聲音！

轉過身去發現是禰子！

「哇！禰子小姐！妳是禰子小姐吧？」良介興奮的問著。

禰子點點頭：「依照約定，茶茶音來當您的新娘了，喵！」

「咦？茶茶音？她不是還小？」良介無法理解。

禰子笑了笑：「良介大人您忘了嗎？貓的成長速度很快，更何況我們是化貓呢？喵！」禰子說完後，向躲在櫻花樹後面的人影招手示意。

良介望過去，確實是茶茶音，她已經長大變成漂亮的美女了；下一瞬間良介也明白為什麼當時口中殘留著薰衣草的氣味。

不過那又是另一個故事了，可喜可賀！可喜可賀！

化貓解說

化貓，日本妖怪的一種，人們常常將化貓和貓又妖怪搞混，但是基本上都是貓的妖怪。

江戶時代的草雙紙所描寫的《化貓遊女》深受大眾喜愛，奠定了化貓的形象基礎；會出現化貓這樣的妖怪，主要是來自於老貓會變成妖怪的傳聞；貓又是有著類似蛇尾巴的妖怪；化貓則是人形，會跳舞、說人類的語言、詛咒人類、操控死人、附身，甚至帶野狼襲擊路人等；宮城縣和島根縣甚至出現化貓進行相撲這樣的傳聞。

一九九二年《讀賣新聞》曾報導過會說人話的貓，仔細聽是像是人類說話的貓叫聲；一九〇九年《報知新聞》、《萬朝報》、《YAMATO 新聞》等也曾報導過東京有出現貓跳舞的新聞。

台灣近代也有許多貓說話的新聞或是流言，貓真的會變成妖怪嗎？

裂口女

房間內，一位男性大學生正玩著電視遊樂器，電視畫面正顯示著精緻的角色扮相；這時候外面傳來了女孩子的聲音，接著男大學生的房門被打開了。

「理一哥哥！我回來了。」男大學生的身後傳來了很有精神的聲音。

「理美，妳回來啦？」理一回過頭，對著妹妹微笑。

揹著書包的理美，就讀小學五年級，正好是精力充沛、好奇的年齡；綁著雙馬尾的理美，最近剛好也迷上遊戲。

「妳不先寫功課嗎？會被媽媽罵唷！」理一雖然嘴上這樣說，卻還是換了別款理美喜歡玩的遊戲。

「沒關係，我只玩到吃晚餐就好！」理美拿起了手把，開心的說著：「開始吧！今天一定要比哥哥拿到更好的評價唷！」

兩人玩著雙人遊戲，看著螢幕內的角色挑戰關卡，理一覺得這樣的妹妹也不錯，還能陪著自己玩遊戲。

「哈哈！理一哥哥今天好遜唷！」理美邊笑邊繼續玩著。

「看我的，別得意得太早！」理一瞬間得到了高分！這場遊戲還是理一高分獲勝。

「真是的！」理美嘟著嘴巴，有些不甘願的說著。「理一哥哥你成績好，又是學校的棒球社成員，玩遊戲更是厲害，簡直是欺侮人嘛！」理美說完有些不開心的把手把放在地上，雙手交叉抱胸的撇過頭去。

「哈哈，理美別這樣說嘛！」理一摸摸理美的頭。「理美最可愛了，對哥哥來說可愛的理美才是欺侮人呢！」

「呵呵！」聽理一這樣說，理美露出了害羞的笑容。

「差不多要吃晚餐了，準備收一收吧！」理一邊說，邊將手把整理收好。

理美安靜了一下，突然說著：「哥哥……你知道裂口女的傳說嗎？」

「裂口女？」理一繼續收拾著遊戲主機。「知道啊！以前的都市傳說，嘴巴裂開的女人會殺小孩，怎麼了嗎？」

「是這樣子的。」理美看著理一說道。「同學都在謠傳，隔壁鎮的小學生有人碰到了裂口女，被攻擊受傷差點死掉。」

「不可能。」理一把遊戲光碟盒子一個一個排好。「如果有小學生被攻擊受傷，新聞一定會報導才對。」理一不太介意的回答著。

「就是因為是小學生，媒體才不會報導！」理美有些激動的說著。「如果被媒體報導出來說有可怕的裂口女在傷害小學生，政府和警察都會被輿論撻伐的。」

理一忽然之間不曉得怎麼回應，這種說法還真不像是小學生會說的話啊！

理美吞吞吐吐的繼續說著：「聽說，會有戴著口罩的漂亮女人問獨自一人回家的學生說『我漂亮嗎？』；如果回答漂亮，那女人就會拿下口罩，她的嘴巴一直裂到耳朵，然後問著『就算這樣也美嗎？』；回答不漂亮就會被殺死，回答漂亮就會被裂口女割開嘴巴……」理美越說越害怕。

「放心吧！」理一將手放在理美頭上，安撫著說：「那是上個世紀的都市傳說，聽說是精神病院的患者偷跑出來，後來被警察送回精神病院了。不會再有這種事情發生的，放心吧！」理一邊給理美一個笑容，邊拉起理美的手。「走吧！我們去吃飯吧！忘記無聊的謠言吧！」

理美點點頭，似乎安心了許多。

＊

「理美，妳知道嗎？裂口女是整形失敗的女人變成的妖怪。」女同學走到理美身邊說著。

「整形失敗？」理美好奇的問著。「現在整形不是都很成功嗎？怎麼會失敗呢？」

「這個妳就不懂啦！」女同學繼續說著。「就算是整形成功，也不見得會一直漂亮下去吧？有那種整形後變得更醜的、幾年後臉垮下來的，還有那種碰到醫療技術不良毀容的。」

理美有些不安的反問著：「所以由紀，妳是說？」

「因為裂口女整形失敗，所以她很討厭髮膠或是美容產品的味道。」由紀邊說，邊從書包內拿出噴霧髮膠和手抹式髮膠放到理美桌上。

「這些是？」理美好奇的指著東西問。「是髮膠嗎？」

由紀點點頭：「這些是從我學美髮的姐姐那邊拿的，我挑了幾個，這兩個就送給妳吧！」

理美拿起手抹式的髮膠，有些困擾的說著：「這個還要打開蓋子用手抹，感覺很麻煩，我就收到書包內好了。」理美說完將它丟進書包，接著將小罐的噴霧式髮膠放到口袋中。「用噴的比較方便，我就帶在身上吧！那由紀妳怎麼辦？」

「我這邊還有一罐噴霧式的髮膠。」由紀拿給理美看，是比較大罐的噴霧式髮膠。

「由紀謝謝妳。」理美非常高興的對著由紀道謝。

＊

到了放學時間。

「各位同學，最近鬧得沸沸揚揚的謠言雖然不是真的，但是放學時間還是要和同學一起回家，有陌生人搭話千萬不要隨意理會，注意安全……」臺上戴著眼鏡外表斯文的中年男子，是理美的導師，正不停的宣導著。

「由紀，一起回家吧！」理美走到由紀身邊。

「不行耶！我今天要補習，和妳走反方向，我沒有和理美說嗎？」

「補習？沒有耶！」理美有些愣住。

由紀表情有些愧疚的說著：「只有今天啦！因為我媽媽認為我最近的成績退步了，所以要帶我去街上的一間補習班旁聽，說不定以後會被抓去補習呢！我會和我媽媽抗議的，理美妳今天就自己回家吧！」

「理美同學！」有人在叫著理美。

「怎麼了嗎？」理美轉過身問著。

女同學對理美說：「理美同學今天是值日生對不對？為什麼都沒有將教室日誌拿給老師簽名呢？今天一整天都沒有老師簽名耶！」女同學抱怨著。

「糟糕！我趕快拿去老師的辦公室！」理美慌張的拿起教室日誌，和由紀道別後快速的跑到教師辦公室。

三十多分鐘後，理美終於忙完了，但是學校只剩下幾個學生而已，理美一個人走到了校門口。快要接近黃昏的時候了，理美的心裡有些害怕。

「都已經五年級，今年就要升上六年級了呢！怎麼可以比低年級的學生還膽小呢？我要勇敢起來！」理美振作起精神，一個人往回家的路上走去。

平常大家集體放學都會有很多學生走在路上，還有由紀陪著，路上也會有導護老師或是義工媽媽；可是現在路上已經沒有學生和導護老師了，理美走在沒有人的路上感覺有些害怕。

路上連路人都沒有，也聽不到烏鴉或是鴿子的叫聲，這樣的寂靜在黃昏的路上顯得格外不自然，這樣的氣氛更讓理美有種窒息的感覺。

突然眼前有個人影出現，理美嚇了一大跳！

理美看不清楚擋住自己的人是誰，難道是裂口女出現了嗎？

「哇！」理美忍不住叫了一聲！

「咦？妳怎麼還在這邊？」女子溫柔的說。

理美仔細看，是山田太太，她每天都會來當導護。

理美鬆了一口氣，禮貌的回答著：「山田伯母您好。我今天是值日生，所以比較晚下課。」理美被嚇出了一身冷汗，知道是山田太太後放心了許多。

「這樣子呀！我剛剛陪一個腳受傷的學生慢慢走回去，現在要回去學校放東西。」

山田太太溫柔的問著：「一個人回去沒問題嗎？」

「嗯！」理美點點頭。「沒問題的唷！我已經五年級了。」

路程已經走了快三分之一，再一下下就能到家了，而且看到了山田太太後理美放心了許多。

山田太太微笑著點點頭：「很棒呢！那我先回學校放東西，明天見唷！」

理美和山田太太道別後，安心了許多；這時路上也出現了一些路人，似乎是剛放學的學生和出來買晚餐的家庭主婦們，看起來很多人嘛！裂口女的事情，理美也暫時拋到了腦後。

今天理一哥哥要在學校社團練習棒球，會比較晚回家，等理一哥哥回來，再來挑戰哥哥吧！理美一想到遊戲，腳步就輕盈了起來。

突然出現一道黑影擋住了理美的去路。

「我，漂亮嗎？」黑影傳來了輕柔如貓一樣的聲音。

「咦？」理美驚訝的抬起頭來。

是一位留著長髮、戴著口罩，穿著白色洋裝的女子。從沒有被口罩遮住的眼睛還有鼻子看來，感覺是一位年輕又漂亮的女子。

女子又靠近了理美一步，緩緩的問著。

「我，漂亮嗎？」那種壓迫感和詭異的感覺，讓理美雙腿開始發抖……

「漂……」理美瞬間意識到！如果說漂亮女子會拿下口罩！趕緊改口說：「普通，我覺得普通！」

「普通？」女子的眼神變得很冷酷。「是漂亮還是不漂亮，我只要這樣的答案！」

女子又靠近理美一步。

恐懼感不斷侵襲著理美的內心！雙腳不自覺發抖，心跳聲似乎大到像是在理美耳邊一樣！

「噗通、噗通……」

快逃！理美一直想要轉身就逃，卻感覺身體無法動彈！

女子再問了一次：「我，漂亮嗎？」這一次女子彎下腰，臉極度靠近理美！

奇怪的血腥味傳到了理美的鼻腔中！

「快說！我漂亮嗎？」女子突然大吼了一聲！

「漂亮！我覺得很漂亮！」理美被嚇到！不自覺的喊出聲音！

女子像是笑了出來，近距離的拿下了口罩。

她的嘴巴裂到了耳朵，嘴裡的牙齒很尖還布滿了黑紅色的汙垢；濃烈的血腥味，讓理美噁心、反胃，還充滿著強烈的恐懼感！

「就算這樣也漂亮嗎？」裂口女對著理美微笑，不知道什麼時候，裂口女的手上多了一把閃爍著冷洌銀色光芒的大剪刀。

那是用來修剪樹木的大剪刀，可以輕而易舉的剪開「任何東西」。

包括理美的頭部，或是頸部。

完蛋了！理美的眼淚奪眶而出。

「妳在這裡幹什麼？」裂口女的旁邊傳來了山田太太的聲音。「請問妳和我們學校的學生在幹嘛？」山田太太看不太清楚裂口女。

等到山田太太看清楚裂口女手上的大剪刀時，已經來不及了。

「咖夾！」大剪刀張開的一瞬間……

「噗滋——」山田太太噴出大量的鮮血，耳朵以上的半顆頭顱，滾落到了地上！山田太太的身體像是失去了控制的木偶，往後倒下！軀體不停的顫抖，鮮血和腦漿流了滿地……

裂口女這次看向了理美！

「呀！」理美嚇得尖叫！從口袋中拿出了由紀給的噴霧式髮膠噴向裂口女的臉！

「噗咻！」沒有髮膠噴出來！但是聲音卻也讓裂口女後退了好幾步！噴霧式髮膠沒有了！理美看到裂口女後退的那一瞬間，趕緊拔腿就跑！那罐噴霧式髮膠也丟在地上！

「嗚哇啊啊——」理美嚇得大哭出來！

「別想跑！快說！我漂亮嗎？」裂口女拿起大剪刀，拼命追著理美！裂口女的速度真的很快！沒過幾秒鐘，裂口女已經追上了理美，拿起了大剪刀！

「咖夾！」又是那大剪刀的聲音！

「不要……」下一秒就是死亡了吧？理美流著眼淚望向大剪刀……

理美的腦海中出現了許多畫面，和爸爸媽媽撒嬌、和相差自己許多歲的哥哥撒嬌等，身為家中最小的成員，理美一直以來都很任性。

爸爸媽媽對不起，還有哥哥……哥哥會在自己的葬禮上哭嗎？還會繼續快樂的打著遊戲嗎……

理美閉上了眼睛。

「啪嘰！」一聲，那像是一種重物打在金屬物品上的聲音！

理美抬起頭，發現裂口女看向旁邊，手上的大剪刀已經掉落在地上，裂口女旁邊站著一個人，一個熟悉的身影。

「哥哥？」那個人是理一！

「喂！妳這混帳女人！竟敢對我妹妹出手！」理一臉上充滿著殺氣，手上拿著球棒；那是全長六十幾公分的鋁製棒球棒，是理一正式比賽時用的。

「啪！」下一瞬間球棒直擊裂口女的臉部！裂口女應聲倒地！

「混帳！混帳！妳這個大混帳！」理一邊大聲罵著，一邊用球棒毫不留情的打向倒在地上的裂口女！球棒打在裂口女身上發出了「噗洽！」、「噗洽！」的聲音，可想而知理一有多憤怒！

如果理一再晚個一秒鐘，甚至半秒鐘，理美不就已經死了嗎！這個不知死活的裂口女！這個混帳裂口女！理一憤怒到失去了理性，已經不知道打了幾次！

「啪！」突然球棒被裂口女抓住！

「什麼？」理一想要抽出球棒，卻發現裂口女的力量大得可怕！

再怎麼說理一也是大學棒球運動員，體力和臂力都比一般人來得強，但是理一用盡全身的力量，卻絲毫沒辦法移動被抓住的球棒！

「放開！妳這個怪物！」理一憤怒的大吼著，用腳去踢裂口女！

裂口女毫不在乎，抓起理一的鋁製棒球棒，張開大嘴用力咬下！

「嘰啪！嘰啪！」裂口女竟然將鋁製球棒咬爛！發出刺耳又不尋常的金屬碎裂聲！

「嘿嘿嘿……」裂口女站起身，看起來毫髮無傷，只有白色洋裝沾黏著山田太太的血液和腦漿，以及地上的污漬而已；鋁製球棒對裂口女沒有造成半點傷害。

「怪物……」看著只剩半截的鋁製球棒，理一打從內心感覺恐懼。

「哥哥……」理美在旁邊，知道危機即將再次降臨。

裂口女撿起了掉在地上的大剪刀，瞬間揮向理一！

「嗚！」理一雖然擁有超乎常人的反射神經，卻仍然比裂口女還要慢上一拍！大剪刀劃破了理一的腹部！雖然傷口沒有傷到要害，卻也讓理一的腹部噴出大量的鮮血！傷勢嚴重讓理一往後跌倒在地！

「哥哥！」理美想要跑到受傷的理一身邊……

「嘿嘿嘿……我漂亮嗎？」裂口女拿著大剪刀，一邊發出難聽的笑聲，一邊慢慢走向跌倒在地的理一。

「不要過來！理美妳快逃！快去報警！」理一對著理美大吼！

理美停下腳步，哭著看向理一：「哥哥……」

理美靈機一動，蹲在地上。

理一看向裂口女，知道眼前的混帳自己根本沒辦法對付，那至少能讓妹妹逃走吧？理一下定決心，對著裂口女大喊：「喂！大醜女！妳根本醜死了！被剪開嘴巴根本就是活該！哈哈哈！」理一邊罵邊嘲笑著裂口女。

「咕……」裂口女像是想說什麼，卻沒有說出來，只是在裂開的嘴巴內嘟噥著；接著舉起大剪刀，大剪刀再次發出了冷冽的聲音，那種充滿死亡的聲音。

「咖夾！」那是金屬剪刀張開時，特有的聲音。

「哥哥！快拿起球棒打這個！」理一聽到了理美的聲音！

理一發現一個物體朝自己這邊飛來！理一不管三七二十一，拿起只剩一半的球棒，用力打向飛來的物體！

那物體被打中後，整個爆開噴發出大量的果膠般液體……

濃濃的髮膠味道！

「嗚呀啊啊啊——」裂口女發出了噁心的慘叫聲！髮膠剛好噴到了裂口女的眼睛和嘴巴上，讓裂口女手上的大剪刀掉落在地上！裂口女邊慘叫邊快速的跑開！

轉眼間裂口女失去了蹤影。

周圍突然傳來騷動的聲音。

「呀——」女孩子的尖叫聲。

「喂！你沒事吧！」驚嚇的上班族。

像是變魔術一般，四周突然出現了許多路人的喊叫聲，隨著救護車的聲音慢慢的靠近，理一也漸漸失去了意識……

＊

等到理一醒來時，已經是在醫院的病床上了。

「這裡是？」理一想要坐起身。

「別動！你還沒復原呢！」理一的媽媽趕緊要理一躺好。

理一望向身邊的媽媽問著：「媽，這邊是？」

「這裡是醫院，你已經昏迷了七天。」媽媽向理一說明著。

「七天？那理美呢？」理一擔心的問著。

「哥哥醒來了嗎？」旁邊傳來了理美的聲音。「哥哥太厲害了！」理美邊說，邊抱住理一！

「痛痛痛！……」理一忍不住叫著。

媽媽輕輕敲了一下理美的頭。「理一縫了幾十針，妳別搗蛋啊！」

「嘿嘿！」理美有些害羞的微笑著。

理一問著理美：「那傢伙呢？警察抓到了嗎？」

一陣沉默，理美搖搖頭。

「警察不僅沒抓到，連山田太太都被列為失蹤人口呢！」理美無奈的說著。「現場沒有山田太太的屍體，也沒有大剪刀，甚至連一滴血跡都沒有……也沒有人目擊到那個傢伙，路人都說我們是突然出現在路上的。」

到底是怎麼回事？雖然理一不太清楚理美口中的山田太太，但是當時那傢伙的白色洋裝上確實充滿著血跡。

都沒人看到自己和她戰鬥的過程嗎？

彷彿就像人間蒸發一樣，裂口女連根毛髮都沒有留下。

「別想太多了，警察會抓到攻擊你的人，現在好好休息吧！」理一的媽媽要理一好好休息。

「哥哥。」理美走到理一的旁邊，帶著靦腆的微笑。「謝謝你，你是最棒的哥哥。」

理美說完後，輕輕的在理一的額頭上親了一下。

「哼！妳就是愛撒嬌。不過妳丟得真準，下次換妳去參加女子棒球甲子園吧！」理一邊說，邊伸出了右手。

「啪！」理一和理美擊掌！

理美和理一微笑著，裂口女就讓她隨風而去吧！

*

夕陽下，在沒有任何人的道路上，出現了一個黑影擋住了行人的去路。

「我，漂亮嗎？」

「咖夾！」

裂口女解說

裂口女是一九七九年日本春天和夏天流行的都市傳說，當時在社會上還引起了不少的問題；二〇〇四年在韓國也發生過裂口女的都市傳說。

戴著口罩的年輕女子，會站在路上問放學的小孩子說：「我漂亮嗎？」，如果小孩子回答「漂亮。」的話，她就會將口罩拿下來對著小孩子說：「就算是這樣也漂亮？」這時候小孩子就會發現，年輕女子的嘴巴裂到了耳朵，並將小孩的嘴剪開。

如果小孩子回答：「不漂亮。」女子就會拿出大剪刀或是鐮刀將小孩子殺死。

這個都市傳說讓日本全國的中小學生都非常的害怕，再加上媒體的渲染，警察和家長們更是疲於奔命，甚至還因此傳出許多模仿裂口女的事件；直到一九七九年夏天，裂口女都市傳說的騷動才慢慢沉靜下來。

寶曆四年（一七五四年）在日本美濃國郡上藩（現今岐阜縣郡上市）出現了一種由

農民的怨念所形成的妖怪，這就是裂口女的最初原型之一；到了明治時代中期，在山道出現了穿著白衣、臉上塗著白粉、咬著人參、拿著鐮刀，髒亂的長髮上戴著三日月型的蠟燭，且會襲擊路人的妖怪傳聞，這妖怪的傳聞也很可能是裂口女的原型之一。

也有一種說法是家長太過擔心孩子晚上外出，故意編出來的嚇人謠言；記者朝倉喬司的調查報告則是寫到，在一九七〇年代左右時有精神病患者將口紅塗在嘴邊，威脅小孩子，才是裂口女謠言的主要起源；到了一九九〇年代，傳聞說ＣＩＡ調查裂口女實際上是整形失敗的女子，這樣的說法成為了裂口女之後最常見的版本。

有穿紅衣、白色洋裝、髒衣服等不同版本；也有人說有著狐狸般的眼睛，貓的聲音；也有漂亮女子的眼睛版本；共通點是拿著高危險性的武器在路上攻擊小孩子。

座敷童子

「好熱！最近越來越熱了！」牧野躺在走廊，吹著電風扇懶洋洋的。

這幾年地球氣溫異常，讓夏天變得更熱，冬天變得更冷；明明住的地方是屬於靠近東北的地區，卻仍然感覺像是南國一樣的熱暑。

再這樣下去，恐怕這個高中二年級的暑假要熱暈在家中了！而且冷氣竟然在這種天氣下壞掉，送去修理回來至少要七天啊！

冷氣才送修第一天，牧野已經快要熱暈了；雖然大男生穿著一條四角褲躺在家中沒什麼關係，但是已經快要敗給熱暑，想要全身脫光了……

「嗚！」突然像是什麼小東西踩了牧野的肚子一下！牧野坐起身，發現什麼東西都沒有。

熱到出現幻覺了嗎？牧野起身走到了冰箱前，將冰箱內的烏龍茶拿起來一口喝下去；牧野看了看時鐘，發現才早上九點。

「呼啊！要不是冷氣壞掉，還真想在房間吹冷氣睡到中午，現在要怎麼打發時間啊！」牧野自言自語的嘀咕著，這時牧野的手機響了起來。

牧野拿起手機看著。「啊？是高見那傢伙，他又要幹什麼了？」牧野唸了幾句，接起手機。「喂，高見你要幹嘛？」

「嘿！還在睡嗎？走吧！我們到後山去散步吧！」手機內傳來高見爽朗的聲音。

高見是牧野從小學到高中的好友，兩人可以說是從小就混在一起的好弟兄。只是到了高中，高見仍然像是孩子一樣有些孩子氣，不過這樣的個性讓高見非常有人緣，同性和異性的友人都非常的多。

「什麼散步啊？真是無聊！外面很熱耶！」牧野忍不住抱怨著。

「別這樣說啊！後山不是有一條小溪嗎？那邊很適合烤肉唷！我找了優子她們一起去喔！」高見興奮的說著。

「找優子她們那一群女生？你真行啊！」牧野想起優子那漂亮的外表，似乎有些出神。

突然有個小東西踢了一下牧野的小腿，讓牧野叫了一聲！

「痛！什麼東西啊？」牧野低下頭，發現什麼也沒有。

「走吧！烤肉人多才好玩，我還和優子說牧野很會釣魚唷！你把你的魚竿帶著，我們去小溪那邊釣魚烤肉吧！」

經過高見不斷的慫恿，牧野掛上電話後決定出發去看看。

拿起了釣竿的牧野，自言自語的說著：「好久沒到那條小溪去釣魚了啊！真不知道會不會順利。」牧野綁好了鞋帶後，站起身時像是被什麼東西拉了一下衣服。

「嗯？天氣熱容易會有幻覺嗎？」牧野帶上釣竿後出門了。

完全沒有發現身後有雙小小的眼睛看著自己的背影。

*

「嘿！牧野去把鯨魚釣起來吧！」高見對著牧野大喊著。

「高見同學加油！」外表清秀的優子也幫牧野打氣著。

「就算是幫我加油，我也釣不到鯨魚啊！而且這麼淺的小溪也只有普通的魚吧！」

牧野邊回答，邊坐到小溪邊準備開始釣魚。

高見真是厲害，臨時說要烤肉還能召集到班上快二十人參加。這個班上的人好像對於升學不是很在意，覺得能在當地的大學就讀就可以了，所以這群高二升高三的學生比較沒有課業的壓力。

「牧野同學，我可以坐你旁邊嗎？」優子走到牧野旁邊問著。

「可以啊！請坐。」牧野輕鬆的回答著。

優子坐下後，看牧野弄著魚餌問道：「牧野同學看起來好熟練，常常釣魚嗎？」

「也沒有常常釣魚，就是小學的時候常常會吃不飽又愛玩，會和高見一起到這邊釣魚烤來吃，久了也習慣釣魚了。」牧野說完後，魚餌也剛好弄好，站起身將釣竿甩出去。

甩出去的魚餌，落在小溪的中間。

「好帥氣唷！」優子笑著說：「你可以教教我嗎？」

「可以啊！我剛好有多帶幾根釣竿。」牧野開始教起優子怎麼釣魚。

高見看到兩人這樣，笑嘻嘻的說著：「叫『牧野』太可惜了，應該叫『釣野』或是『漁野』比較適合吧？」

「笨蛋，那你也可以改名為『低見』或是『笨蛋見』啦！」牧野冷靜的吐槽完，三人都笑了起來。

過了一陣子，剛好到了中午時分，大家躲在樹蔭下開始享受著這頓烤肉大餐。

「這些魚是牧野和優子釣的，大家盡量吃吧！」高見很興奮的說著。

「喔喔！放在錫箔紙上烤，似乎很好吃呢！」幾個男同學高興的說著。

「要可樂的人舉手！」幾個女生問著。

大家邊吃著烤肉邊喝著可樂，聊得非常開心；不知不覺就玩到了下午，大家也決定趁著白天離開小溪。

走到了山下，一群人來到了車站附近。

「沒有，糟糕……」優子像是在尋找著什麼東西一樣，翻著皮包。

「怎麼了嗎？」牧野問著優子。

高見這時走來詢問牧野：「牧野，等等我們幾個人要去唱歌，你要不要去？還有優子要去嗎？」

「找不到……」優子看起來很困擾的樣子。

「是什麼東西找不到嗎？」牧野又再問了一次優子。

優子看著牧野說：「是我的手環，那是我姐姐去都市上大學前送給我的紀念禮物，因為是特製的所以我很珍惜，今天我有帶出來可是現在卻找不到。」

「手環？」牧野想了一下後說著：「是不是銀白色的，上面有寫英文的那一個？」

「對、對！牧野同學你有看到嗎？」優子緊張的問著。

「印象中，妳好像是說釣魚時怕會弄濕，所以和皮包一起放到了旁邊，沒有在皮包裡嗎？」牧野邊問，邊指了一下優子的包包。

「我也記得放到包包了……啊！」

優子突然想到，因為這個包包是乳膠皮製作的，怕手環會傷到包包的內裡，所以手環當時是放在包包旁邊的，離開時卻忘記拿走；自己一直以為是放在包包中，現在才想起來根本沒有放到包包內。

「應該還在烤肉的地方！」優子想回去拿，但是對小溪的路不太熟，又加上不太敢一個人去，所以轉過身問著牧野：「牧野同學，可以陪我回去拿我的手環嗎？」

高見在旁邊說著：「不能算了嗎？反正只是手環嘛！」

「不行，那是姐姐送我的紀念禮物，我不想弄丟。」優子看起來很困擾的表情。

牧野點點頭說著：「反正太陽還沒下山，我陪妳回去拿吧！」

「真的嗎？牧野同學謝謝你！」優子高興的說著。

「快去快回啊！我們先去唱歌的地方等你們。」高見邊說，邊拍拍牧野的肩膀說著：「要好好照顧人家喔！」

「什麼啊！回去拿了再下來也不用多久，那條小溪小時候就去過快一百次了不是嗎？」牧野根本不以為意，轉過身和優子說著。「優子同學，我們趕快去拿趕快回來吧！趁著太陽還沒下山。」

牧野和優子很快的照著原路走去，依照牧野的經驗應該可以在太陽下山前離開才對；可是牧野忽略了一點，優子上坡的速度並沒有牧野這麼快，而且一天下來兩人都有些疲倦，所以再一次走到了小溪邊時已經黃昏了。

「呼、呼……在哪裡呢？」優子邊喘著氣，邊找著手環。

牧野看著中午烤肉的地方，垃圾都已經整理好了，但是木炭什麼的則還是放在原地，雖然不至於破壞環境，卻也看得出來人為的痕跡。

「找到了！」優子在剛剛放皮包的旁邊，發現了手環。

優子抬起頭來的一瞬間卻愣住了。

「呀——」優子的慘叫聲傳到了在附近的牧野耳裡！

牧野衝到了優子身邊問著：「怎麼了……」牧野還沒等到優子回答，就馬上知道優子為什麼會慘叫了！

有一隻嘴巴是人類三倍大的長毛怪物！怪物嘴巴中還長滿著尖銳的牙齒！

山鬼？是山裡面的妖怪嗎？小時候就曾聽大人告誡過，下午之後不要到山裡面，山裡有山鬼，傳聞會吃人！

山鬼張開嘴巴，慢慢靠近優子！

「不要！救命啊！」優子怕得跌坐在地，眼淚都流出來了！

「走開！」牧野拿起手上的釣竿，用力往山鬼的臉上打去！

「呱呀！」山鬼揮舞著手上的利爪！似乎被釣竿打到了眼睛。

「快走！」牧野牽起優子，轉身向後就跑！

「呱呀——」背後傳來山鬼憤怒的叫聲！朝著兩人狂追！

夕陽快要西下了！要是在天黑前走不出去，那被山鬼抓住的機率就會很大！牧野牽著優子一路狂奔。

「嗚嗚……牧野同學……我跑不動了……」優子邊哭邊說著：「不要管我了，你自己逃走吧……」

「呱！呱呀——」後面傳來了山鬼淒厲的叫聲。

「說什麼傻話！我揹妳！」牧野二話不說，立刻揹起了優子。

「嗚嗚……對不起，牧野同學……」優子在牧野身後哭泣著。

兩人彼此都有好感，但是總是有一種無形的牆擋在兩人中間，或許是在意班上同學的眼光吧？彼此喜歡的兩人卻一直都沒有向對方說清楚。

揹起優子的牧野速度慢了許多，根本沒辦法加快速度；一不小心牧野踢到了石頭，往前跌倒，優子壓在了牧野的身上！

「呱呀！」優子順著叫聲往後看，山鬼已經在視線內了！

「優子，妳快逃走吧……因為剛剛跌倒，我的腳已經跑不動了……」牧野虛弱的說著。

「咦？」優子看向牧野的腳踝，發現牧野的右腳腳踝整個都腫了起來。

「優子快逃……」牧野雖然這麼說，但是已經來不及了。

山鬼已經追上了兩人，走到了兩人身邊。

「嗚嗚！牧野同學對不起！」優子邊哭邊緊緊抱住了牧野，閉上了眼睛。

「呱呱呀——」山鬼舉起了利爪，打算將兩人撕爛！

「嘻嘻！」像是小女孩在笑的聲音。

牧野和優子看過去，發現在山鬼和兩人的中間，不知道什麼時候站了一位很可愛的小女孩，穿著白底紅花的和服，看起來似乎只有四五歲。

「快逃！不要靠近牠！」牧野覺得小女孩應該是不知道會發生危險，所以大聲的要小女孩離開！

山鬼看了看小女孩，大叫了一聲「呱呀！」用力的將利爪揮下！速度又快！力道又強！抓在身上一定會當場血流如注！

「嘻！」小女孩又笑了一聲，伸出小小的手指指向山鬼！

「啵！」輕輕的一聲，就像泡泡破掉的聲音一樣，龐大的山鬼已經化成了空氣。山鬼就像不曾存在過一樣，連粉末都不剩。

「嘻！」小女孩對著兩人微笑後，也消失了蹤影。

「這到底是怎麼一回事?」牧野完全不知道發生了什麼事，只知道得救後，優子還繼續抱著自己一直哭泣。

＊

過了幾天牧野的腳傷好了，冷氣也修理好送回來了，優子沒有再和牧野見面，就像沒發生過那件事情一樣。

唯一不一樣的，就是牧野已經習慣了這個小女孩在家裡的生活。

牧野的父母親都看不見這個小女孩，但是似乎「隱約知道」這個小女孩的存在，都只是笑笑的沒有說什麼。

這天下午，小女孩又出現在牧野旁邊，坐在地上吃著仙貝。

「喂!我說妳呀!真的那麼喜歡吃仙貝嗎?」牧野問著。

「嘻!」小女孩對著牧野微笑後，繼續吃著仙貝。

「妳喜歡軟的，還是硬的?」牧野又拿出其他買回來的仙貝給小女孩挑選。

小女孩挑了一個看起來很硬的仙貝，很努力的一口一口咬著吃，模樣看起來非常可愛;小女孩吃完仙貝後，自己開了紙門，消失的無影無蹤。

到了晚上，牧野忍不住問了父親。

「爸爸，那個『妹妹』，到底是鬼還是妖怪？」

「啊？你看到了嗎？」爸爸放下報紙，看著牧野。

「該怎麼說……」牧野有點難以啟齒。「我是在想，是不是我很小的時候，你們有生了妹妹，然後妹妹死掉了，又或者是爸爸你在外面的小孩……」牧野越說越小聲，深怕讓在廚房洗碗的母親聽到。

「哈哈哈！不是你想的那樣，那是座敷童子啦！」牧野的爸爸說著：「我們的家族從你爺爺開始，就有座敷童子住在這嘍！有座敷童子的家庭，都很好運呢！」

牧野決定將座敷童子的事情，一五一十的說給父親聽。

說完後牧野問著：「那是妖怪嗎？」

「座敷童子不是妖怪啦！是像精靈一樣的喔！」爸爸笑了笑後，對著廚房的媽媽喊著：「孩子的媽，可以煮小豆飯嗎？」

「好唷！」牧野的媽媽在廚房很自然的回答著。

＊

深夜的屋頂上，坐著座敷童子，看著今晚漂亮的月色。

「嘻嘻！」邊吃著小豆飯的座敷童子邊微笑著。

這時從陰影中慢慢出現五隻山鬼，似乎是循著味道找上了牧野家；攻擊山鬼最後又殺死了山鬼，似乎山中的山鬼們是這樣認定的。

座敷童子看了看山鬼們，輕盈的跳下去後，走向了山鬼。

「啵！啵！啵！啵！啵！」五聲氣泡破掉的聲音，前後不到兩秒鐘。

座敷童子又爬上了屋頂，開心的吃著小豆飯，露出了開心的笑容。

座敷童子解說

座敷童子的傳聞主要是日本岩手縣一帶的精靈故事。雖然是家庭守護神，卻又會對家中的人惡作劇，能見到座敷童子的人通常都會有幸運拜訪，家裡有座敷童子的家族也會比較富裕興旺。

民俗學者柳田國男在著作《遠野物語》和《石神問答》中也有記載：「被座敷童子寄宿的家庭都會富貴自在。」甚至到了近年，雜誌或是媒體都曾報導：「『綠風莊』、『菅原別館』等知名旅館都有座敷童子住在那邊。」

外表有男有女，幾乎都是五六歲的小孩，最小三歲，最大還有到十五歲的案例存在；髮型幾乎都是日本娃娃髮型，有著清楚的齊瀏海，穿著以浴衣或是和服最為常見；喜歡惡作劇，並會在粉末上踩上小小的腳印，晚上會故意唱歌或是遊玩，一個人在家的時候也會縫製一些東西；家裡有客人的時候，還會對客人進行惡作劇；並常跟家裡的小孩子一起玩耍。

喜歡吃的食物據說是小豆飯。

雖然是日本有名的妖怪傳說，但是日本佛教也稱之為「護法童子」；民俗學家則是稱座敷童子為「龍宮童子」。無論什麼樣的稱呼，座敷童子在日本都很受歡迎。

附錄：青鬼與赤鬼

蕨穿著正式的巫女服，正坐在稻荷神社內的椅墊上。

「所以，你特別來詢問該怎麼辦嗎？」蕨邊說，邊看著眼前的男子。

「雖然知道不會怎麼樣，可是我還是很介意。」牧野困擾的說著。

「嘻嘻！」坐在牧野身邊的座敷童子，邊吃著仙貝邊對著牧野微笑。

蕨看著座敷童子說：「牧野家的座敷童子，看起來妳似乎很在意山鬼那邊的問題吧？這段時間也辛苦妳了；等山鬼的問題解決後，妳也就不用這麼辛苦嘍！」

座敷童子對著蕨微笑，點點頭後站起身，跑出神社內的房間後消失了蹤影。

「不愧是巫女，我沒說山鬼的問題，您也可以知道！太厲害了！」牧野邊說，邊問著。「我只是想要知道，座敷童子一直頻繁出現，有沒有關係？」

蕨看了看牧野，搖搖頭說著：「一般來說是沒有關係的，座敷童子出現是好事，她是為了要保護你，才會一直在你身邊。只是……」蕨的表情變得有些凝重。「當時和你在一起的女孩子，恐怕會有危險。」

「什麼？優子嗎？」牧野緊張了起來。「巫女大人！請幫幫忙吧！我就是聽說這個神社很靈驗，所以才會來問的，我沒想到優子會有危險啊！」

「不要緊張，你等我一下。」

蕨站起身，走進了後面的房間，過沒多久拿出了一張護身符。

「這個護身符拿去交給當時和你在一起的女孩子，我會祈求稻荷神明大人幫忙的。」

「謝謝！謝謝！太感謝了！」牧野拿到護身符後，對著蕨不停道謝。

＊

田中拿了一大袋稻荷壽司，虔誠的站在賽錢箱前。

「感謝稻荷神明大人，這些稻荷壽司就當作是我的誠意。」說完田中打算將稻荷壽司丟進賽錢箱中……

「啪！」紙扇打在田中的後腦勺！

「好痛啊！」田中的後腦勺被用力打了一下，痛到田中一直喊痛。

「你是傻瓜嗎！」蕨看著田中說：「祭祀的稻荷壽司，要直接交給我才對！你丟到賽錢箱中，是想要增加我的困擾嗎？」蕨看著田中，眼中充滿著無奈。

「抱歉，我想說妳不在，所以想放進去讓妳拿嘛！」田中摸著頭上腫起來的腫包，蕨似乎蠻用力的。

「嗯？你怎麼跑過來了？沒有炒豆子給你唷！」蕨邊說，邊拿起了一個稻荷壽司吃著。

田中趕緊阻止著：「等等，不要吃啊！那是要祭祀稻荷神明大人的啊！」

「那就是我啊！」蕨邊說，邊又拿一個稻荷壽司起來吃。

「雖然是這樣沒錯，可是還是不要直接拿起來吃啊！」田中被弄得有點啼笑皆非。

「我今天過來主要是想和蕨大人分享一件事情。」

「請說。」蕨很認真聽著。

田中滿臉通紅，很害羞的說著：「就是……距離上次已經過了半年多……美優後來又和我聯繫，她答應和我當朋友，願意給我一次機會，所以我這次來想要祈求稻荷神明大人保佑我愛情順利……」

「回去。」蕨說完後轉過身去。

「誒？」田中不曉得蕨的意思。

「我說你啊！真的什麼都不懂耶！」蕨再一次轉過身看著田中，眼神看起來就像是在看著笨蛋一樣。「稻荷神明大人不是愛情神明啊！再說愛情應該是掌握在自己的手中，不應該是來這邊祈求吧？」

「說的也是！哈哈哈！」田中害羞的笑著。

「才不是什麼哈哈哈，給我回去！」蕨真的有些不耐煩。

田中笑嘻嘻的離開後，蕨坐在神社的階梯上，看著天空的白雲；蕨又拿了一個稻荷壽司吃著。

「味道還不錯唷！」旁邊傳來了男性的聲音。

蕨往旁邊看去，發現是戴著狐狸面具的男子。

「家光神主大人！」蕨驚訝的說著。「您不是在大社那邊嗎？怎麼會來這裡呢？」

「來看看妳啊！」神主摸摸蕨的頭，面具下的臉似乎在笑著。「雖然一開始妳就像是我的姐姐一樣，但是我長大之後妳卻還是一樣年輕，現在的妳則像是我的曾孫女啊！」

「家光大人，我是神的使者，當然年齡會和你們人類不同。」蕨回答著。

「呵呵！所謂的妖怪嗎？」家光看向天空，晴朗的天空讓白雲更加的耀眼。「我認為妖怪有好有壞，就像是我們人類一樣，有好人也有壞人，不能完全認定妖怪都是壞的；妖怪也是生活在這個世界上的一分子，當然也有著喜怒哀樂和自己的生活方式；妖怪有感情也有想法，活了幾百、幾千年，是否會感到孤單呢？」

蕨靜靜的聽著，沒有回答神主的話。

*

下午時，蕨在神社內打掃著，突然紙門被拉開來。

「嗨！蕨大人午安呀！」打扮時髦，髮色是紅色的漂亮女子，開朗的對著蕨打招呼，旁邊站著另一位青髮的女子。

「蕨大人，午安，打擾了。」戴著金邊眼鏡，頭髮是青色的漂亮女子也和蕨禮貌的打招呼。

「青鬼大人、赤鬼大人！妳們怎麼來了？」蕨轉過身對著兩人禮貌的鞠躬行禮。

青鬼推了推眼鏡，對著蕨說道：「最近無論是人類世界，還是妖怪世界，似乎都不太平靜；而且根據許多跡象看來，妖怪出現在人類世界的機率會增加許多。」

「所以青鬼大人和赤鬼大人才出來調查的嗎？」蕨表情很嚴肅的問著。

「是的，看看能不能調查出不平靜的原因。」青鬼回答著。

這時一直不說話的赤鬼，突然說了一句。

「不，我只是出來吃東西的。」赤鬼在旁邊說著。

蕨和青鬼看向赤鬼，發現赤鬼大口大口的在吃著草莓大福。

「好吃的草莓大福，就在於新鮮好吃的草莓，搭配上有彈性又香甜的麻糬。」赤鬼高興的吃著，似乎非常的滿意。

「赤鬼，我們是出來調查的，不是嗎？」青鬼走到赤鬼身邊問著。

赤鬼搖搖頭，用無所謂的態度說著：「調查好無趣，我從大社出來只想要好好的玩一玩，妖怪的調查我一點興趣也沒有。」說完後，赤鬼繼續吃著草莓大福。

「赤鬼，妳很喜歡草莓大福嗎？」青鬼溫柔的問著。

「是呀！我最喜歡草莓大福了！」赤鬼邊吃邊回答著。

青鬼推推眼鏡說著：「那麼，如果因為妖怪增加而影響了人類世界，沒有了草莓大福也沒關係嗎？」說完後看著赤鬼。

「會沒有草莓大福嗎？」赤鬼看起來很緊張。

「會！」青鬼點點頭。

「那，普通口味的大福呢？」赤鬼有點在冒冷汗。

「也會沒有了。」青鬼嘆了一口氣。

「就連普通的麻糬，也吃不到嗎？」赤鬼的表情非常的訝異！

「連普通的麻糬……」青鬼輕輕拿下眼鏡，像是在擦拭著眼角的淚水。「都吃不到了！」青鬼看起來表情非常悲傷。

「什麼！絕對不可以！」赤鬼突然充滿幹勁的說著：「一定要找出原因！就算翻遍整個日本，我都要找出原因！」

青鬼戴回眼鏡，對著蕨比出一個「ＯＫ」的手勢。

「嗯嗯！」蕨苦笑著。「為了這個世界的未來，拜託兩位了。」蕨對著青鬼和赤鬼說完後又鞠了一次躬。

＊

神社的鈴鐺響了起來，有一對情侶對著稻荷神祈願後，個別抽了一支籤。

「聽說這個神社的籤很靈驗，所以來這邊參拜一下，討個吉利吧！」從二邊說，邊將籤詩打開來看，是個小吉。

「啊！我是小吉，紗千妳的是什麼呢？」

「我是凶……」紗千看起來很沒精神。

從二安慰紗千說：「別難過，我們一起去將籤詩綁起來吧！就當作厄運也一起和籤詩離開了吧！」從二和紗千將凶的籤詩綁在神社指定的位置，到時候神社的人會統一拿去化解掉的。

「身體要顧好呀！」從二緊緊握住了紗千的手。

「嗯！」紗千和從二的手握得緊緊的，希望這份幸福不要溜走。

從三條家回來後，紗千的身體就一直很虛弱。

從兩人身邊走過的丸口，看了兩人一眼後，走去拉了一下神社的大鈴鐺祈願著。

「希望介一和真吾快點回來，就算是死了，也請讓他們的靈魂成佛吧！」丸口誠心的祈禱著。

在神社內的青鬼靜靜的看著外面祈願的人後推了推眼鏡，問著赤鬼：「看來大概可以決定從什麼地方開始調查了，我們先去那個壞掉的地藏王菩薩結界，看看到底是發生了什麼事情。然後我們再前往失蹤的兩人那邊調查看看。」

「出發前我要再去買更多草莓大福唷！」赤鬼回答著。

「好，那我們準備出發吧！」青鬼和赤鬼瞬間消失了蹤影。

＊

「不要靠我那麼近嘛！」良介害羞的說著。

「才不要！喵！」茶茶音緊緊的靠著良介，兩人搖搖晃晃的走著；兩人經過稻荷神社前面，良介往階梯上的鳥居看去。

「在看什麼呢？良介大人！喵！」茶茶音問著良介。

良介轉過頭看著茶茶音：「也沒什麼，就隨便看看而已。走吧！我們回去吃火鍋吧！今天我有準備妳喜歡的鮭魚頭唷！」

「喵！最喜歡良介大人了！」茶茶音抱住良介撒嬌著。

蕨坐在鳥居上看著午後的城鎮，享受著妖怪和人類世界的和平。

現今的稻荷神明大人仍然保護著大家，可喜可賀！可喜可賀！

《日本詭譎都市傳說》完

青鬼與赤鬼解說

《哭泣的赤鬼》是濱田廣介所作的兒童文學，是濱田的代表作，甚至還成為學校的教科書，初版於一九六五年一二月偕成社出版。

以下為故事內容概要。

很久很久以前，在某座山中住著一個一直想和人類做好朋友的赤鬼。於是赤鬼就寫了一塊告示牌，並在上面寫著「這裡是心地善良的赤鬼所住的家。無論如何都歡迎大家前來作客，這裡有好吃的點心，也有熱茶供大家飲用。」並把告示牌矗立在自己家門前的一塊土地上。

可是，看到這告示牌的人們對這種事情難以相信，因此並沒有任何一人敢到赤鬼的家玩。赤鬼感到非常的傷心，對於得不到人們的信賴而感到懊惱，他終於忍受不住這樣的情形，就把好不容易立起來的告示牌給拔了出來。

當赤鬼一個人獨自傷心的時候，正好赤鬼的朋友青鬼來拜訪他。在他聽了赤鬼的話後，青鬼就開始思考該怎麼幫助他。

於是，青鬼就提議：「青鬼到人類居住的村子去大鬧一場，在那之後赤鬼出來見義勇為，假裝懲罰青鬼。這樣人類就會明白赤鬼是善良的鬼。」雖然青鬼提出這樣的計畫，但赤鬼覺得這樣會對青鬼很不好意思；青鬼卻一點也不以為意，反而說服赤鬼答應這項提議。

接下來終於開始實行作戰計畫。青鬼先襲擊村子裡的一對老夫婦，被嚇到的老爺爺和老奶奶趕快去告訴村子裡的其他人。村民聚集起來後，赤鬼趕緊出面懲罰了青鬼，之後兩人離開村子，跑回了山上。村民事後討論時，都覺得赤鬼真的是善良的鬼。自從作戰成功後，村子裡的人三不五時就會到赤鬼的家裡玩，而赤鬼在取得人類的信任後，和人類的關係也變得越來越好。與人類變成好朋友的赤鬼，在接下來的日子裡，都和村子裡的人玩得很愉快，而且很充實的過著每一天。

但是，對於赤鬼來說有一件事情令他很介意，那就是他的好朋友青鬼，在那之後就沒有來找他玩了。現在他能夠和村裡的人們關係良好，並一起生活，都是多虧了青鬼的幫忙。赤鬼為了想知道青鬼最近過得如何，就去拜訪了青鬼。但是卻發現青鬼家的門是關著的，並發現門旁貼著一張紙。

紙上寫著：「赤鬼先生，好好的和人們相處，並祝你的生活快快樂樂。如果我再繼續和你來往的話，人們說不定會認為你也是個壞鬼。所以我決定要出門去旅行了，我永遠不會忘記你的，再見了。要好好保重身體，我是你永遠的好朋友。」

赤鬼沉默的看完那封青鬼寫的信，終於按捺不住自己的眼淚而哭了起來。

在那之後，赤鬼就沒有再與青鬼相見了。

後記

各位讀者好，感謝您閱讀了我的作品《日本詭譎都市傳說》一書。

在此書章節中，我調查了許多日本的都市傳說和妖怪傳說，最後選擇了此書中的幾個妖怪故事來呈現給大家；其中我個人最喜歡稻荷大人的設定，也在故事中發現到，每個妖怪的故事彷彿都是真實的存在，有著強烈的感情，讓我的內心悸動著。

或許在這個世界，或是在平行世界的某個角落，吃了蕨的炒豆子是不是真的可以獲得異性青睞呢？座敷童子是不是會和牧野一起吃著超大仙貝呢？還有茶茶音會不會和良介再一次去到化貓宅邸，看看禰子和化貓爸爸呢？

還有好多、好多的妖怪故事，好希望能夠讓祂們完整呈現呢！

至於恐怖的妖怪，留在各位心中就可以了。

本書再次感謝永續圖書的林主任，給予我許多專業的意見；感謝總編輯美玲辛苦的為我們的作品編輯著；感謝我的好朋友MOMO，幫我繪製了許多迷人又漂亮的妖怪；感謝極光文創的各位，陪伴著創作的我，使我不孤單。

還有好多、好多要感謝的，那就謝天和謝妖怪吧！

期望此系列能和文創夥伴們一起將一百個妖怪補齊，最後再次感謝閱讀此書的您。

敬祝大家平安順心唷！雪原雪祝福你們！

這邊特別向各位讀者推薦！夏懸的『百鬼夜行─怨刹』，也是百鬼夜行系列的第一本。夏懸同樣為極光文創的作者，風格黑暗又帶了一點懸疑的感覺，在世界觀的呈現上更有著極為讓人深入其境的文字魅力！我在閱讀時也被深深的吸引，無論是噴射婆婆的復仇故事還是木靈故事中的爆點，都讓我非常的喜歡！

最後再感謝幫我設計排版的設計師家維，真的要感謝的人太多了呢！

百鬼夜行世界中的妖怪們，讓我們一起繼續生活在夢想中！